# 樂齡，今日關鍵字

劉靜娟 著

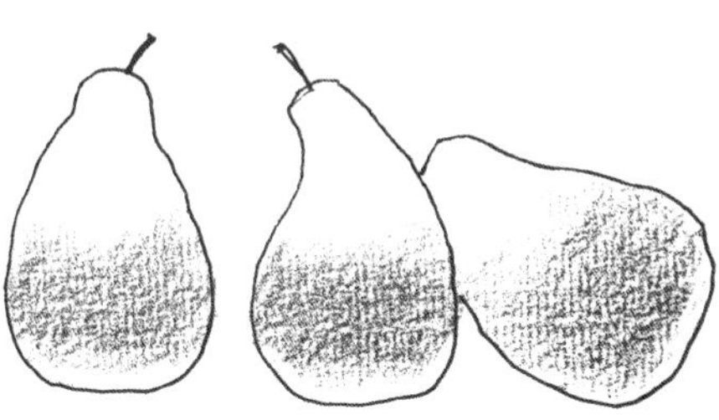

# 目錄

## 輯二　美麗的機緣



## 輯三　移動的風景

## 輯四　我曾經有過的LIFE

## 輯五　關於年紀

# 彩色浮水印做底的自得其樂

廖玉蕙

不知從何時開始，劉靜娟和我養成了交換閱讀作品的習慣，每寫一篇新作，經常在午後的書房用電話相互抓漏、指正，彼此砥礪，相互評論，必要的時候還熱情交心，真是典型的「以文會友，以友輔仁」。她謙虛誠懇，從不虛與委蛇，我視這樣的午後交流為生命中最珍貴的時光。

劉靜娟看似優雅沉靜，深入交往後才知她內心裡住了個幽默俏皮的靈魂，她滿懷赤子之心，好奇、求知欲強，且具絕對的實踐力，這本書百分百見證了我的觀察。本書裡的文章，有細節詳盡的知識，有曲折有趣的事件，更有溫柔敦厚的人情；寫到事物的深處去，寫到讀者的心坎裡。

因為好奇心跟求知欲，她眼觀四面、耳聽八方，公車、捷運、公園、市場，處處是教室；傾聽，觀察，思考的結果，不但「落花水面皆文章」，而且她不放過任何細節。她說「學習使人年輕」，所以，她幾乎無所不學：書法、水墨畫、手語、晨操、人體速寫、粉彩畫。她的學習絕非蜻蜓點水式的，而是很有耐心的持續進行，充滿興味的參與，與學習團體保持若即若離的關係，時而純然浸淫其中；時而抽身旁觀，是一種入乎其內又出乎其外的姿態，所以，當她下筆時總保持著既熟練又清明的筆調。

光是上個書法課，從握筆、洗筆開始；接著便是寫字的方法：「逆入藏鋒」、「懸針」、「垂露」，勾出「鳥喙」中鋒、側鋒、逆鋒以及乾濕、濃淡的講求；甚至從小篆、行書、隸書等傳統書法直寫到創意書法，及字與畫的結合，教人不禁嘆服於她的認真。繪畫課除實際提筆作畫，還更進一步談到樹葉的畫法，如胡椒點、鼠足點、介字點、松針；各式山石皴法如解索、折帶、雲頭等，顯見曾下過真功夫！描寫學手語的文章也不只寫那位有情有義的老師，裡頭還不辭細節地描述手語的比法，將原本複雜的專業用淺近的文字普及，若非有一枝健筆，是絕對無法做到的。

劉靜娟寫人最絕！在她的筆下，個個頭角崢嶸，呼之欲出。譬如，〈有「同窗」可同學〉裡大聲罵人，卻堅持值日，不要特權的老先生；寫《張遷碑》全文、喜歡大氣勢作品的婦人；年過八十還遠從新店來學畫的黃大姊；眼睛不好，下筆看不準，卻每節課都能交上兩三張作業的陳大姊；〈紅色流蘇〉裡錯認粉撲花為流蘇的愛辯論丈夫；用強力進補打敗九名醫生的母親；街頭動物的守護者……，無一不躍然紙上，讓人印象深刻。

她天性溫和厚道，筆下的人物雖各具性情，卻總不脫溫厚。但無傷大雅的小小揶揄、筆削也是有的。譬如：〈人體速寫〉裡有一位「不敬業的同學」，信口胡亂批評擺姿勢讓同學練習作畫的模特兒的身材不好：「我都沒有作畫的意願。」劉靜娟不滿他的刻薄言論，仗義直言：「我好像不曾看過他畫出什麼好作品。」而〈我的「歐盟」時間〉敘寫瑜伽課、公園打氣功等健身活動，結尾裡，也畫龍點睛地勾勒了一位瘦身有成的女子，在飯桌上夸夸強調，「年紀大了還不健身，是不道德的。」劉靜娟揭她的底，在十年前的聚會中曾不假辭色地斥責別人：「飯桌上談減肥是不道德的。」昨是今非的言論，讓人莞爾。

「如果沒有樂趣，學習有什麼意思！」宣言學習必須植基於樂趣的她，看來果然在學習過程裡找到無限的歡喜。習字時，常常竄改古人成句以符合現實情境與心情，如「正是男兒讀書時」改成「正是習字畫圖時」；把「白首方悔讀書遲」改成「白首方悟讀書好」。寫字時，同學教她滴一滴米酒到濃稠的墨汁裡，可以讓毛筆容易拉開，其後同學問她效果如何，她答：「每個字都醉態可掬。」借了同學寫的行書「棒喝」兩字回家臨摹，自嘲：「可惜寫得一點也不『棒』。」；學期作業，她老愛搞怪，不隨俗寫勵志條幅，而從台語俗諺裡找「半暝想到全步數，天光醒來無半步」，她坦承：「凌晨是我的立志時間，一起床，那些志氣就與我無關。」有趣的自謔，看了真讓人忍俊不住。

劉靜娟對畫畫寫字去參展的意願極低，「只是享受那自由發揮的階段」；學到新的東西就「兩眼亂轉，興奮得小鹿亂撞」。記錯了上課時間，也不窮懊惱，而是另闢蹊徑，去撿拾美麗的落葉。生活如此愜意，就如她自己寫四開大字時所說：「以如行雲、如流水的彩色浮水印做底，自得其樂。」內裡影影綽綽的行雲流水，光想著就美得動人，更別提揮灑在上層的酣暢淋漓了！

她興致盎然地生活著，虎虎地對眼前的事物追根究柢。書法課班長說她寫的句子「船過水無痕」很負面，罵人無情。她很不服氣，回家即刻上網一探究竟，不但得到佛學中「不執著」的正面意義，印證了她的認知外，還歡喜地慶幸多學習了意思相同的下一句「鳥飛不留影」。丈夫誤認路旁紅色的粉撲花為流蘇，抬槓之餘，她特地繞過去現場察看求證一番；為了一張舊桌子的下落，她不辭辛苦地打撈記憶、請兒子評理、讓丈夫打電話詢問，就是要弄清楚來龍去脈，讓真相水落石出。她說：「這是一定要的！」

最讓人佩服的是，她雖然窮追真相，卻不執著，總是有轉念思考的本事：例如年紀大了後，睡眠不再安穩，常會在夜裡三點無端醒來，相信許多初老之人都同感困擾，也苦苦掙扎，不得其解，有人乾脆吃起安眠藥來；同樣的狀況，劉靜娟卻有不同的對策。在〈幸好每天那麼早醒來〉裡，她在使用各種招數抗拒卻不得要領後，自我安慰：「能有五個小時品質很優的睡眠，該滿足了。」最後索性不待天光就起床，進行不費眼力的寫大字或畫圖；甚至從「那麼早醒來，能做什麼？只好畫圖，寫字。」轉念成「幸好每天都那麼早醒來，可以畫圖，寫字。」

多情的她，寫起懷舊的文字，更是拿手。第二輯中，寫狗兒的〈秋秋「轉去」之後〉和〈會「說話」的拉拉〉，行文靈動，情真意切，看了簡直要熱淚盈眶，堪稱最深情的「動物書寫」。我有幸承她錯愛，在書中露了個臉，和她的愛犬同列「美麗的機緣」輯裡，真是感到無限榮寵。第四輯裡，不管是對昔日鉛字排版的懷念；戒嚴歲月副刊編輯的回首，老家員林的追懷，年少時光與筆友交往的經驗……在如實呈現台灣過往歷史記憶和成長經驗時，字裡行間總讓人感受到一股淡淡的惆悵，這一輯裡記錄了許多台灣戒嚴時期的官方思想箝制與民間活潑風情，我以為是頗具史料價值的。

《樂齡，今日關鍵字》的特色是文字朗暢、內容盡是人生智慧、表達機智幽默，充滿情趣。能寫出這種文章，必然是在生活中經常仰頭看到美麗的天光雲影，俯首時時思想起細緻的人際。許多人退休後，常大嘆生活的單調無聊，他們需要來閱讀這本書，看看退休後如何活得開心、活出滋味、把日子過得淋漓盡致！

# 年輕（自序）

年輕時，朋友間常通電話；再瑣細的事，也可以拿來說。如今，即使一時有話想說，不消兩分鐘，就覺得沒什麼意思，失去撥電話的興致了。

可今天，很難得地，竟先後和三個「老朋友」電話聊天。老，一因都是三、四十年的朋友，二因都是「國家認證」的老人——用時髦的話說，就是「樂齡」。

K說今天早上她去仁愛路一家飯店，先繞著尚未營業的服飾店圍廊走三圈，再進餐廳吃早餐；明天晚上要去中山北路一家飯店，逛地下街精品店。我說你都進出四、五星級的飯店，好高檔啊。她說天氣熱，在寬敞時尚的飯店中吹冷氣散步很舒服；在那兒吃的是平價早餐，精品店只是看有錢人的生活，長長見識。

我仍然讚歎，你還真年輕有勁；我就是要散步，也只在住家附近隨便走走。

S剛從法國南部回來，去了尼斯海岸、坎城、普羅旺斯。她平時過得節省，卻年年至少出國旅遊一趟。在台北也很有活力，每天晨泳，每週有一天和固定的班底去爬山健行；每次聽她說起她的日常，我都羨慕她體力過人。早有同學說她的腿裝著馬達，走路比年輕一輩的都快捷。她手腳之快，也表現在廚藝上，一次小巴共遊，她包粽子給大家當午餐，甚至有一鍋痲油雞，和午後點心紅豆湯！

H還沒退休，經營一家幼稚園。台灣少子化，如今她能招到的孩子，只有全盛時期的五分之一；但是，從師資、園區的修繕到孩子的安全，該費的心思和力氣並沒有少些。何況，還得追著政府法令跑！想到嬌小的她要面對大大小小的痲煩事，我就佩服到不行。我說她成天被孩子圍繞，心境才能保持年輕吧；比起來，我過得懶散多了。

她說我也很有活力啊，常可以讀到我的作品。我說我做的是一人作業，而且是窩在家做就可以。

可是讀這一系列作品，我還真可以給自己拍拍手，一年之內我竟然寫了十萬字！自從當「文青」之後，這是絕無僅有的紀錄。

這系列寫的是我的退休生活，閱讀、寫作、上網、買菜、做飯、搭公車、看展覽、和家人／朋友吃飯聊天。這樣的生活形態和退休前的差異不大；最大的不同是，時間多了，會去公園運動，上圖書館借書、借電影光碟，還去上不同的課。

快樂使人年輕；運動、善良、關懷、熱心、好奇、健康、友情、親情……都有同樣的功能。我尤其服膺「學習使人年輕」這句話。

天生好奇，公車、捷運、公園、市場，處處是我的教室；可傾聽，可觀察，可思考——還有可能變成我的寫作題材。

去「實體教室」聽老師講課，更讓我的生活較有秩序，也較有動力。學畫、學書法、學台語拼音，聽老莊，聽藝術鑑賞；退休了仍可以「背著書包上學去」，可以像小學生那樣說「我們老師說」，自己也很年輕啊。

劉靜娟

二〇一四年八月于台北

# 輯一——從洗毛筆學起

# 從洗毛筆學起

初次上蔡老師的書法課，學的是小篆（上）。是針對初學者，所以從沾墨、握筆、洗筆、坐姿開始學。

毛筆要先在水裡「潤」過才沾墨，全部筆毛要浸到墨汁。握筆要鬆，才能轉筆自如；絕不是以前的人說的，緊到讓人無法猝不及防地抽走。洗筆，要在水龍頭下沖，一手轉筆，一手「按摩」，直到流下來的水完全清澈，才掛起來晾乾。坐姿當然要挺而自然，才不會腰痠背痛。

上課前，他帶領大家做柔軟操，讓手腕靈活，手肘懸空而不累。老師還建議我們練瑜伽。

退休後把自己歸零，來做學生，老師如此鉅細靡遺地傳授經驗，非常珍惜。以前我洗筆是在水杯中涮牛肉那般涮幾下，再像原住民舂麻糬那樣「戳戳戳」。而爲了減少洗筆的次數，我利用「虹吸原理」，讓筆尖沾在稀釋的墨水中「休息」半天、一夜。這種偷懶的方法，蔡老師期期以爲不可，說這樣做，毛筆會短命。有人毛筆洗得不夠乾淨，他形容爲「像福壽螺的卵沾在上面。」

小篆多轉筆，弧度優美才好看；所以從畫◯◯，及兩排「肋骨」開始，接著寫部首，比、方、心、水等。

光這些基礎筆法就很美，熟練後可以畫圖了。

是大班制，一間教室坐滿三十六人，老師先在白板上用簽字筆寫一次，讓大家知道筆順，再分兩梯次圍在前面看他毛筆示範。老師寫字揮灑自如，意到筆到，輕鬆愉快，看著就是一種令人心生歡喜的美感經驗。

與學生相較，老師算是小夥子。他溫文爾雅又有耐心，經常穿棉布對襟衫，背厚棉布背包，長年吃素，自備小茶壺喝茶，看著就是一位純樸文氣的書家。後來才聽說他的衣服、背包都是老母親縫的，而且，從小學四年級就愛上書法的他，每天晨起仍然練字，六點多陪母親出去吃早點，再回工作室；可見一個人的成就和氣質不是一天造成的。有同學說，「雖然沒膽拿作業出來，但光是薰染上課的氣氛，就是很大的收穫。」還是遠從新店來的呢。

學過基本功後，開始寫〈聖教序〉。松風明月，未足比其，清華仙露……。難怪老師要訓練我們手腕的靈活度，小篆轉筆的地方太多了；有些筆畫還轉下繞上，寫得脖子都要打結。

小篆又叫秦篆，秦始皇統一六國之後，簡化原有的大篆籀文而成。它的基本原則是「逆入藏鋒」，每筆一樣粗細，以三對二的比例，寫成長方形，而且左右要對稱。

初學，雖不能寫得到位，但字本身像畫，很美，寫起來還是很有成就感。

老師除了分享他個人的書法心得外，極力鼓勵我們閱讀相關書籍，《甲骨文趣釋》、《漢字的故事》，甚至《說文解字》。我當時心裡有點「訕笑」，想著老師未免期望過高了，多數有了年紀的人不過閒閒沒事，來做年少時沒做到的事，練習寫字兼打發時間而已。可我料不到的是，大家非常用功，每星期都交得出作業；有的交太多，還引起抗議，決定每人每堂只能讓老師改一張。改作業時大家圍著觀摩，也很有切磋的收穫。

到了小篆（下）最後一個月，為了參加「學員成果展」，一群勤儉持家的女子才捨得以稍好的宣紙寫「作品」。這時，老師教我們玩浮水印——倒一點墨或彩色顏料在水盤裡，隨意在水面畫出不規則的線條，再拿寫好字的宣紙去「漂」一下，拿起、晾乾，就變成有意想不到的背景的作品了。

後來，老師再去進修，我們也跟著學習。我們見識了他的勤奮用功，也看到了他的作品有了更豐富的變化和學術性的深度。

他常把自己的「作業」帶來給我們分享，部分作品，已被預訂了去，我們是先讀爲快。有傳統書法，有創意書法；而字與畫結合的作品，特別教我們大開眼界。它們多半像圖案設計，有對稱的，有幾何形的，有抽象的，而畫中藏著不同字體的文字，也可能是迴文；讀它們，好像在尋寶。

每次讀他的作品，都得到一點啓發，覺得自己也可以玩。我曾以無數篆字的「飛」排出雁形陣容，也試著讓三個大大的橫寫的「飛」串聯盤旋空中，底下再以蠟筆拓印兩棟建築；拓的是掛飾——台北故事館的木雕、聖彼德堡的教堂銅浮雕。雖然幼稚，還是玩得很開心。

準備成果展時段，就是同學們的「鑑賞時期」，旁觀者都羨慕、稱讚；作者卻都說「寫不好啦」。這不全然是謙虛，寫的人知道自己的敗筆在哪裡。所以老師給大家「開示」，不可能每個字都滿意，有些暈染更顯出墨韻；每個字都四平八穩反而匠氣云云。反正就是要說服大家參展；牆不夠掛，就分三梯次展。

多數同學寫學過的〈聖教序〉或蘇東坡的〈念奴嬌〉；數大就是美，對開的條幅，寫兩行、三行，都很有氣勢。多數人不會寫小字，或者希望老師加持，便請老師代爲落款。然後老師慎重其事爲大家蓋好章，再加上他自己的壓角「閒章」，一幅長軸有模有樣，裱好掛起，好看得很。

我參展的意願很低——知道自己寫得不好，裱好了連家裡都不想掛，豈不花錢又占地方！我只是享受那自由發揮的階段，寫自己想寫的。爲了減少出錯的機率，我寫四開。不寫勵志文字，我寫〈念奴嬌〉裡的「夢遊」、「遙想當年」，以如行雲、如流水的彩色浮水印作底，自得其樂。寫「風聲雨聲讀冊聲」、「逝者如斯不舍晝夜」，則在周圍畫一些我自以爲有象徵性的圖案。沒教過的字，就自己去找，再讓老師改。

學了兩期（各四個月）的小篆後，大概隔一年，我再度報名學書法；這期蔡老師教行書，寫《歐陽詢行書千字文》。

小篆像圖畫，行書像舞蹈。這是我剛接觸它時的心得。

小篆起筆都得先「逆鋒」，有點欲拒還迎、矯情作態；雖說「字體整齊，布局緊湊，筆畫勻稱」；但粗細、間距一致，也顯得沒有表情，過於嚴肅。行書卻自由得多，起筆凌空而下；不必逆鋒，字可大可小，可粗可細，而且，字不能對齊，就是要參差才活潑、靈動。

學小篆時，我對它傾心，覺得每個字都美，每個字都新鮮有趣；寫行書，卻見異思遷，馬上覺得它更美。兒子小時候就說過我「跟他一樣」，像童書《柳林中的風聲》裡那隻蛤蟆先生，學到新的東西（或面對新的冒險）就兩眼亂轉，興奮得小鹿亂撞。

行書的撇，如鷹隼俯衝——高興時還可以做個迴旋的動作，勾出「鳥喙」；豎筆可以慢慢收，即所謂「懸針」，也可以停頓收筆，即所謂「垂露」，或改爲豎鉤；連續的「横」筆，比如「頁」，手優雅地來回揮舞，則如小舟在水上左右擺盪。對，就是那種盪舟的意象，教我寫得特別歡喜。

這種外行人才會有的想像，增加了寫字的 fu。寫得投入，等車、搭車時，偶爾會不自覺地在腿上、在皮包上，甚至在空氣中書寫。虛擬的字不留痕跡，寫得非常流暢，筆畫之間還有「牽絲」效果呢。

學期末，寫「作品」的時刻，我又開始玩我的創意。我寫「靜觀」兩個大字，落款「靜娟」以台語念，也是靜觀。我拿朋友的書名來組合，「公主老花眼。對荒謬微笑」；也拿自己的書名寫「采集陽光和閒情。輕鬆做事輕鬆玩」，或嵌著寫「布衣生活最自在，眼眸深處有文章」。沒有人知道它們的出處，只覺得我「與衆不同」，特別搞怪。

我也從書裡找台灣諺語，神仙打鼓有時錯，腳步踏差誰人無；一年一歲兩年三歲三年五歲；半瞑想到全步數，天光醒來無半步。最後一句尤其是我的心情寫照：凌晨是我的立志時間，一起床，那些志氣就與我無關。

爲了寫它們，得辛苦地從千字文中尋找——學過的字只是少部分；再從書法字典裡搜尋，最後雖然未必寫成作品，卻也學了一點東西。

學小篆階段，我曾寫「不作無聊之事，何以遣有涯之生」，老師很不以爲然，說不該如此消極（他對老人家還有指望哩）。其實我的無聊之事，就是包括胡思亂想，寫些不按牌理的句子；順便從其中得到樂趣啊。

如果沒有樂趣，學習有什麼意思。

——原載二〇一三年五月二十九日《聯合報》副刊

# 一幅山水畫的幕後

不好推拒，水墨畫最後還是交給畫商拿去裱背了，也參加學員成果展了。

撤展那日扛回家，就讓它隨意靠在牆上。數日後兩對兒媳回來，說畫得不錯耶，大兒子問要不要讓他拿去店裡看有沒有人要買？可以掛在二樓「墨中間」。

我隨口說好啊，「可是我的畫不經看，內行人看兩眼就會看出瑕疵的。」

「那我們就貼個請勿逗留的條子。」

媳婦說得更實際，「那就掛在樓梯牆上。」

那老建築的檜木樓梯沒有轉折處，一路到頂；有點陡，所以只宜專心上下。

兒子問，那你多少肯賣？「六千塊就可以賣啦。」

你花多少時間畫的？「墨部分的粗稿大約兩個小時吧，但接下來一次一次修改，噴水、渲染，時間就難估算了。」

兩人說得好像眞有那麼一回事，我不由心虛起來，自曝兩處缺點。兒子說既是寫意山水，看畫憑感覺，不必處處推敲啦。

這說法最能安慰畫不好的人，但我仍然狐疑，「眞有那麼好嗎？我畫稿完成後常貼在衣櫥門上，你們不是沒看過，可不曾聽你們這麼用力稱讚；現在只是因爲裱好、裝框，才變得有模有樣的啦。」

兒子認眞端詳，說，「咦，對，這個框好！這個框好！」

二媳轉頭看另一幅參展的畫，說，「水彩畫的框也很好看。」

給孩子們這一鬧，我覺得這畫倒也不差了。

展覽期間掛在它旁邊的，是一幅接近畫家水準的作品。這位同窗學水墨多年，筆觸「老辣」，用色較沉，畫面有古樸的味道。而我前景的樹，墨色尙有層次，有所謂的「墨韻」，大片山石部分卻過於明亮，少了內斂的味道——雖然有同學說更喜歡我的「清爽乾淨」。

如今它唯我獨尊，沒有別的畫可比，倒也顯出它的「好」。過於明亮又如何，自然界本來就無一定的章法；就算是寫生，也可以把尋常土石畫成花崗岩，甚至玫瑰石！

有些像午夜吹口哨，自己壯膽；可我想到學畫過程和畫畫時的心情，就覺得這畫另有潛藏價值。

最初，我學畫的目標是西畫，素描、粉彩、水彩。但我上課的「社會大學」以普及大衆教育爲宗旨，希望人人有機會學習；所以同樣的課程上過上、下兩期後，必須隔一期或兩期，才能再報名。在無西畫可上的時候，我於是姑且去選一位新老師來開授的水墨山水。

我們這「第一屆」的學員很幸運，老師才開過個展，手邊尚有主辦單位印製的精裝本畫冊；每人一開學就獲贈一本。

第一期教授用筆的方法：中鋒、側鋒、逆鋒以及乾濕、濃淡；接著教樹葉的畫法：胡椒點、鼠足點、梅花點、个字點與介字點、松針等；然後披麻、解索、折帶、雲頭、馬牙、大小斧劈等各式山石皴法。

基本畫法教過後，老師示範簡單的小品讓我們臨摹。有時老師會說這張（作業）不要丟，以後加上背景，並且上色渲染，就是一幅畫了。連學生這種最基本的習作都如此看重，後來臨摹四開作品時，老師改得更認眞。同學們說不必改得那麼仔細啦，口頭點一點就好了（心裡倒是期望老師對自己的作業多「加持」一下）。他說口頭講我們聽不懂，「何況你們畫一張圖一定花了不少時間。」

多數人都報上了第二期，畫得更有勁；幾乎每一堂都交作業。有位同學甚至把老師畫冊中數十幅作品都臨摹了！

每次畫好，我都隨手簽名，免得認不出自己的作業。後來老師「忍無可忍」，皺著眉頭沉吟一下，教我以後不要落款了。「您怕我不小心畫出一張好畫嗎？」他說不錯。在他心目中，落款是爲一幅畫點睛；我的簽名卻太隨興。

老師教我們用炭筆畫簡單的底稿，「張大千的畫留下草稿線條，不擦掉，畢卡索也是。這好像彈吉他，有時會出現哽——的聲音。也許它有點噪耳，卻也有人認爲它是意外的裝飾音。」

爲什麼現代人畫的山水圖，裡邊的人物還是穿長衫、束髮梳髻？

他說，「如果客廳掛這麼一幅畫，看著古人衣袂飄飄在那兒遊山玩水、下棋、彈琴、泛舟或簷下展書讀，心情不是會很寧靜安詳嗎？」

而且，畫中人最好有點駝背，「比較文氣。七、八十歲的人沒有抬頭挺胸的。」

有一回老師說某位同學的畫很有意思，可以裱起來掛了。

依我看來，那幅畫筆觸生澀，是一位畫筆不聽使喚的老先生畫的。

請教老師「很有意思」是什麼意思？

「他畫的和我示範的很不一樣，山水畫不適合用這麼鮮明的紅和綠，但他前後兩處屋頂畫成這個顏色，和樹的綠對照起來，卻有特別的趣味。」

覺得自己說得不夠明白，老師又補充，有一次跟他的老師提到某人，太老師思索半天，說那個人很有意思。很有怎樣的意思？太老師沉吟好久，說，「是那種不合邏輯的有意思。」

太老師九十歲了，學生們輪流帶他出去吃飯。他吃得少，話也少，一頓飯說不了幾句；兩人（有時另有其他同學）靜靜相對吃飯，然後送他回去。「只是定時去看看他，陪他吃飯。」

多年前曾聽一位作品已廣受收藏的畫家說，每次老師點名他來磨墨、拉紙，都歡喜到要發抖，教我覺得不可思議。現在聽老師如此談太老師，發覺水墨畫家好像比較有「執弟子之禮」的古風。

一位男同學於是說：「同學們聽好，一日爲師，終身爲父。」

班長接著說，「以後老師年紀大了，有意願陪他吃飯的來報名，我來排班。」

大家爆笑，老師才五十多歲，比絕大多數學生年輕。

可他修養之好，恐怕不是我們能及的。

班上有幾名怪咖，其中一位總是站在老師旁邊，邊看邊不停地說一些無厘頭的話。她存多少年的紙，在哪裡買的，她有一枝羊毫筆不好用。還有，老師您爲什麼不用小匙舀水？您這樣沾水，顏料消耗在水裡了，下次我帶個小匙來。有一次帶一個保養品用完的空盒給老師裝墨，「比碟子深，比較好用。」老師說「太娘」了，下一堂課卻跟她說盒子裡邊擺棉花、裝墨水，在自家畫室用。

幸好後來大家的修養也變好了，從側目、不耐、出言阻止，轉而微笑著欣賞這位同學的天眞加無厘頭。

有同學過度認眞，不僅拍攝完稿的作品，還一路攝錄老師這座山如何皴、苔又如何點的示範過程。爲了找較佳角度，相機竟然飛到畫紙上方做「低空攝影」。同學不悅，抗議視線被擋，也干擾老師教學。老師卻不以爲意，以雙指爲他的畫比一個「YA」的手勢，讓大家失笑。

有人自我感覺良好，說老師教我們這樣有趣的學生應該不錯吧？他點點頭，說「我發現這兒的學生……」以爲他要說比較用功、進步快之類，誰知他停頓一下，「比較愛畫完整的畫稿，而不是基礎練習。」原來好高騖遠不是年輕人的專利。

一筆一筆在宣紙上造景、渲染時，腦海中難免會想到教室裡的氣氛和老師言談中的意思。它們盤旋在我的意識裡和筆墨中。

「那麼大」一張四開紙，要落筆多少次才能畫出從近景的樹，延伸到天邊的遠山！其中有我的努力，也有老師的修養和幽默。不都說看畫不能只看表相，要看透它的內裡，最好能了解畫者的感情和情緒嗎？

至少，我自己了解。

何況，這畫還有老師的墨寶——老師本來寫好題字供參考，但誰能臨時抱佛腳寫出一手好字？便要賴求他「點睛」加持。

這麼想，更要敝帚自珍了。

賣掉？一萬塊也不賣！（愛說笑，誰會買！）

——原載二〇一三年七月號《文訊雜誌》

# 怎麼會想到去學手語？

聽說我去上繪畫、書法，或音樂、藝術鑑賞之類課程，朋友的反應很平常，不外是羨慕或佩服；可聽說我去上手語課，卻駭笑，「怎麼會想到去學這個！做什麼？」

爲什麼去上手語課？好奇是一定的，卻也有「功能」的考量；希望手腦並用，刺激腦神經細胞，延緩智力的退化。還有，「唱」手語歌，好美，好酷。

我唯一認識的聾人是多年前在報社工作時，服務於資訊組的一位電腦小姐。她長得很清秀，也極聰明；交給她打的文章少有錯字。與她較有接觸的是副刊助編，他與她「談」得很投機，笑稱跟她成爲「筆友」了。我直接找她常是臨時抽換文章或做較大的更改，她都輕易完成，也不曾像部分聽人同事那樣不小心就露出「這種麻煩事怎麼恰好給我碰到」的神色。問她平時可有什麼活動？極少。那也不易與異性交往了？她笑笑。有一回聽說爲了身障福利預算的微薄，她跟一群朋友去立法院抗議，我問她要不要寫文章爲身障朋友說話？寫自己的生活也可以，無聲的世界一定有很多聽人無法理解的地方，我可以幫她修改，發表。她也是笑笑，不置可否。

其他對於聾人的認識就僅止於書和電影了。《悲憐上帝的女兒》看得心情沉重，女主角本身就是聾啞女子，電影中她的憤怒包括：「憑什麼一定要我學會唇語說話，而不是你們學會用手語！」另一部不記得片名的聾人電影則是一齣喜劇。會手語的聽人女主角無意間認識了比手語的男主角，與他交往，談戀愛；後來帶他回家見父母，卻驚訝地聽見他和父母交談。原來初見他時，他是在幫助一位聾人，而他也一直以為女友是聾人。

這樣的結局當然是皆大歡喜，女主角的父母原來是反對她與聾人交往的。

雖然可以樂觀地想，聾人的世界很安靜；但無疑的，無聲的世界總是會有一些不便，要與聽人互動、交往、談戀愛，也會有不少額外的阻礙。

如果有更多的人會手語，他們的生活會減少一些麻煩與誤解。

可是手語還眞不太容易學。

老師給我們一張基本手形的圖，數字、父母、男女、手足共五十六個。熟練了，可以延伸、組合成更多的手語。可要會這些手形也不容易，悟性和記性之外，還關乎個人手指的靈活度。何況，也不是所有的話都能依賴這些基本功。

有時，連要看懂自己親手寫的筆記，也不簡單。有經驗的人或許已創造了特殊的速記方式，我初學，卻記得很混亂；手勢畫不出來，文字又無法在短短的時間內寫出分解動作。回家後即使想複習，都常看得一頭霧水。

有些方便聯想的詞句，比較有感覺，比方享受、幸福，是五指做老者捋鬚的動作。好、讚是伸大拇指。未遂、沒有達到是中、拇指圈起、在鼻上做一個「彈開」的動作。重，雙手往下沉；輕，雙手緩緩上提；年輕，五指貼在額上再張開，表示光潔無紋；老，張開的五指在額上收攏，表示皺紋。男人，大拇指；女人，小指。結婚便是一手拇指與另一手的小指並排——泛指異性婚姻。

老師非常風趣。大家手忙腳亂地比，總會引得她開玩笑，「是問你有幾個兒子，不要比成有三個翁（丈夫）。」「迴避可以比雙手遮臉，但這句子說的是因討厭而迴避；比得那麼嬌羞可愛，要誘惑人嗎！」

老師的教法活潑，碰到端午節，就教「粽子不能吃太多，不只粽子貴，年紀大了，健康還是很重要」；講到睡眠，就比「認知、了解及認識睡眠的機制（條件）。找出日常生活中可能干擾睡眠的習慣」等等。有的用文字手語，有的用自然手語；因為反覆教授，舉一反三，累積下來，也就會了——就是說十個句子，我總算記得三、四個啦。

手語歌是大家最感興趣的，老師一小節一小節地教我們比江蕙唱的〈家後〉。

「有一日咱若老，找無人甲咱友孝，我會陪你坐佇椅寮，聽你講少年的時陣，你有外孳。」

才學會幾句，我就迫不及待地表演給朋友看，人家看不懂，我也不在意比得對不對；反正老狗「炫耀新技」的娛樂效果達到了。

老師也是手語翻譯員；當演講的即席翻譯，到公部門做聽人和聾人之間的溝通橋梁。曾有聾人吵著要告法官，鬧了很久，法警拿他沒辦法。她到達後，聾人的情緒仍然激動，說法庭裡裡外外的人都對他很不禮貌，他很不爽。但沒有具體事證，如何告？她耐著性子和他聊了一個多小時，他才安定下來，放棄提告了。可見有時她不是做譯員，而是以她的溝通專長，做心理諮商。

有一堂課，她匆匆從醫院趕來，說一夜沒睡，剛才在摩托車上，幾度呈瞬間睡眠狀態；怕等紅綠燈時眞的睡著，就下來站一站，打開儲物箱，整理一下。

因爲昨夜陪產。

她一面扼要說明陪一名聾女生產的情況，順便教一些相關的手語。產婦有朋友相陪，卻也是無法與醫護人員溝通的聾人。因爲痛得受不了，產婦想放棄自然產。「要嗎？你已辛苦了這麼久。」老師一再鼓勵她，爲她加油；最後小孩成功自然產。洗好澡後，護士教她掀起母親的手術衣，讓裸身的嬰兒趴在她的胸腹上。「護士說這個程序一定要做，皮膚的接觸對於雙方的心理都很好。」

也靠她與雙方一題一題溝通，塡寫資料。

半夜裡出勤，她並不害怕，但摩托車走山路有點危險。後來她還特地選個白天騎那山路，想知道下回如果再到那醫院，怎麼走會更快、更安全。見識了女人生產的過程，珍惜這回的生命體驗，也憐惜那年輕母親回去後，聽不見嬰兒的哭聲，「音訊」是零；所以她自動請纓，以後再有這種派案，即使無酬都願意出勤。

我的座位在第一排，不是老師眼光的落點；卻可以近距離地觀察她、欣賞她。聽她的工作如此辛苦，卻一逕笑得如此燦爛，眞教人感動。

聽過她與聾朋友最讓人動容的互動，是在紅燈前相遇，相對著比畫聊天；綠燈亮，各奔前程；下一個路口，又會合，兩人隔著一兩部摩托車續「聊」；再下一次停車，竟又碰到，「你在跟蹤我嗎！」

兩部摩托車隔一小段距離愉悅對談，也只有會手語的才做得到了。那光景，旁觀的人想必會心微笑吧。只是誰都不會知道其中那位甜美的女子其實口才便給。

知道班上一位學員居然已八十三歲，大家驚訝，她驚喜，說學手語讓人年輕，希望以後有九十歲的學員。於是她教我們以「望春風」的調子唱這首手語歌：

人講九十滿滿是
八十不稀奇
人生七十才開始
六十算什麼
五十算來是幼齒
四十當古錐（正可愛）
三十坐在搖籃裡
哎呀 二十才出世

「滿滿是」一手握拳如容器，一手平刮表面。小時去米店糴米，商人用方型木「升」舀米，再用一把尺刮平表面，如此，分量就很精準。「當古錐」，雙手左右晃，如車前玻璃的雨刷，臉上還要裝可愛。「坐在搖籃裡」，雙手鬆指拉開，弧度如籃，再一手拇指「豎」在另一手裡搖晃。「哎呀」，以拳擊掌，表示驚歎。

能聯想，有畫面的，才記得住，其他的，就渾水摸魚了。

四個月下來，學到的、記得的雖然極有限；但是，我對聾朋友多了一點點的了解。

他們無法體會聲音的玩笑；他們常用倒裝句，助詞在後；他們很難理解「負負得正」的語法；聽人不經心的口頭語或問候，他們總是認眞回答。

而因爲與主流社會應答時的雞同鴨講，聾人常被誤以爲智力不足或不誠實。

老師還提到，每回她到公部門翻譯，聽人容易避重就輕，選擇對自己有利的說辭；聾人的回應卻常一是一、二是二，再加上語言邏輯不同，有時會誤導執法人員的判斷，加重了他們的罪責。

現在的聾人多有受教育的機會，但學習的進度和成效想必難以與聽人的相比。再說，要靠筆寫或手語，與世界溝通，總是慢了一拍，甚至好幾拍。

學手語，我學到的是對他們多一點理解和尊重。

——原載二〇一三年七月二十八日《自由時報》副刊

# 船過水無痕

書法課上的是《張遷碑》，隸書第二期，第一期的我沒有報上名。

雖然是「跳班」，沒從基礎學起；不過，隸書是由小篆發展而來，「主要是將圓轉的筆畫轉爲方折，起筆藏鋒，圓潤如蠶；收筆按頓，再慢慢提筆挑起，如雁尾。」

學過小篆，只要把握「蠶頭雁尾」，應該不難入門吧？

更好的是，手邊有一本《漢蕩陰令張遷碑》，東里潤色未損本。

高中國文老師一九九八年移民美國前，我回員林幫他整理舊居，「接收」了數本字帖，這本是唯一我上書法課用得上的。那年他八十八歲，三年後走了。

讀帖如讀故人，一筆一畫臨摹老師寫過的字，更多一份感情。

學了幾個星期後，開始喜歡它。小篆如畫，新手如我，每個字都得依循古人的「圖型」寫；隸書卻較自由，和平日寫的字差不多，碑中沒有的字「隨興」揮灑也不會太離譜。起筆用「方筆」剛勁有力，有豪邁之風；收筆雖說雁尾，像鴨尾、斧頭、菸斗或勾翹起的腳，也未嘗不可——這是我的「胡想」，內行人可能會哂笑吧。最特別的是別種字體筆畫講究穩，隸書卻有所謂的「一波三折」，能「抖」出波勢，更有味道。還有，隸書字形較扁，筆畫往橫向發展。有人說「橫畫細，豎畫粗」，老師則說古人寫字很活潑，照所謂的「原則」寫，反而不美。

碑文頌揚的是張遷和他祖先的豐功偉業，寫得再好也不像適合掛在家裡；另一方面很快要辦成果展，老師鼓勵我們寫自己喜歡的文句。

我於是挑著碑中可以獨立成章的字來臨摹。不閉四門，路無拾遺，以及善用籌策，於帷幕之內，決勝負千里之外。

然後老師開始示範古詩詞、金句。寫朱熹〈觀書有感〉：半畝方塘一鑑開，天光雲影共徘徊，問渠那得清如許，爲有源頭活水來。寫唐朝布袋和尚的〈插秧偈〉：手把青秧插滿田，低頭便見水中天，六根清淨方爲道，退步原來是向前。

這個星期寫的是程顥的〈春日偶成〉：雲淡風輕近午天，傍花隨柳過前川，時人不識余心樂，將謂偷閒學少年。

老師的字有變化，有些字帶有小篆風，並不拘泥於張遷碑的筆法。我喜歡「雲淡風輕」

四個字，便自己寫了一張字少、敗筆機率相對較低的「船過水無痕，雲淡風也輕」，心中想的是，痛苦、挫折讓它過去，不留痕跡，一切就雲淡風輕了。

誰知老師看到我的作業，停頓了一會兒，說「船過水無痕」不大適合寫。坐旁邊的班長說，「它很負面，罵人無情。」接著又說，「下一句更難聽！」

我吃了一驚，這句話偶爾會在我的文章裡出現。我喜歡那種悠遠的、有禪意的畫面；說到自己不專心、記性不好，聽過的課、讀過的書很快忘記，我就自嘲船過水無痕（或風過水無痕）。也許會用它來批評人家沒有實現諾言，說話不算話吧。最負面的也不過如此。

寫文章一向用「普通話」，對於詩詞、諺語，年輕時縱然背過，如今經過歲月的折舊，耗損的、老化的都資源回收了。而班長手邊總有不同的集字帖、詩詞或格言金句書本，提供老師示範時參考；老師寫好，他還能一句一句解釋給同學們聽。所以看班長說得那麼肯定而權威，我只能說，也許它最初的意思很不好，但語言會演變，進化，衍伸，當然可以有新的意思和用法。

先前班長曾請老師示範「三更燈火五更雞，正是男兒讀書時。黑髮不知勤學早，白首方悔讀書遲。」老師寫好，他告訴我們那是顏眞卿的〈勸學〉。

老師的每個字都漂亮，可是我在心裡嘀咕，又不是要進京趕考，萬一不小心寫得很滿意，我也絕不會去裱起來掛在家裡！別說現在的我比年輕時更不愛勵志文字，就算老來覺悟，三更燈火就看書，也會一整天眼澀頭痛。我只好不管平仄，把「正是男兒讀書時」改成「正是習字畫圖時」；把「白首方悔讀書遲」改成「白首方悟讀書好」。這樣才比較合乎我的生活和心境。

反正練字學隸書基本功，內容不必太嚴謹；把自己的書法作業貼在衣櫥門上，走過時看幾眼，自得其樂就好。

料不到我這回的自得其樂，船才駛出就撞到淺灘！

我不便否定班長的權威，也不敢請教他船過水無痕「更難聽」的下一句是什麼，怕他說出什麼驚悚的話來。

不過，他是比較嚴肅的人，老師提到他有一個學員平均年齡八十歲的書法班，那些人是韓戰後來台的反共義士，集中住在一個村子裡。多數人聽力不佳，行動不很利落，上課時間走來走去，一再問是不是可以回去了；有的人糊裡糊塗，落款依樣畫葫蘆，寫老師的名字；慢慢的，他們能夠寫完整件作品了，落款不再弄錯，情緒也變得較穩定，同學之間有了和諧的互動，偶爾還會和老師開開玩笑。有些人本來就寫過書法，也有文字基礎，參加了這個班，日子過得更開心，更有寄託。

聽老師分享他的教學經驗，我很感動。這是書寫的魅力啊。

我好奇的是，年老糊塗的學員，上課能自己來去嗎？老師說他們是榮民身分，政府一直妥善照顧著，每人有一名替代役「隨從」。有位同學說，「當年停戰協定有點複雜，政府不能不懷疑到台灣來的戰俘中有匪諜；所以集中住一起，方便監視、管理。」然後開玩笑說，就好像集中營啦。班長激動地大聲說，「什麼集中營，不知道當年的時空背景，就不要亂說話！你知道嗎？當年……」兩個年過六十的男人居然就槓上了，還得老師打圓場才不甘不願地收兵。

如此嚴肅的人把「船過水無痕」說得那麼可怕，甚至說「下一句更難聽」，應是他對文字的道德標準比較嚴苛吧？

回家後，我第一件事是上網找「船過水無痕」。

我的想法得到了印證：這個台灣諺語可以是負面，也可以是正面，端看你在什麼情況下使用它。

負面可以用來批評人無情，不守承諾，忘恩負義；正面則是不必計較，一笑泯恩仇，是佛學中的不執著。《涅槃經》中說如鳥飛空，跡不可尋。《華嚴經》中說了知諸法性寂滅，如鳥飛空無有跡。

聖嚴法師在他的《一〇八自在語》第四十九則，如此明白開示：船過水無痕，鳥飛不留影；成敗得失都不會引起心情的波動，那就是自在解脫的大智慧。

而我眼中的它，不好也不壞，只是習慣用來形容不專心，記性不好，忘得快而已。忘得如此悠遠、有禪意，就不必太苛責自己的「忘」啦。

現在我知道了它還有意思相同的下一句，鳥飛不留影；日後可以忘得更高調、更邈遠了。

——原載二〇一三年十二月十八日《人間福報》副刊

# 累積

我的晨操啓蒙於住家附近的公園。初入那個聚集各自做不同運動小圈圈的場域，我很快就看中一個站在數名歐巴桑前方比畫的女子。她的動作緩慢而優美，外行如我，都看得出她的姿勢精準。於是我加入了那一「團」，跟著做「氣功十八式」。

三不五時跟著比畫幾年後，我仍然相信最初的判斷。

而她，大概看我還認眞吧——至少不會邊做邊聊天，特別愛指點我；告訴我手要這樣，才能把「氣」拉上來，腿要那樣，才能拉到筋。「沒有掌握到要領，光在那兒比手畫腳沒有用。」

她的口氣老練，也小有權威。我曾問她是老師退休的嗎？她失笑，「不是啦，我只小學畢業。」

她說自己剛學時，經常在家跟著ＤＶＤ練習。「姿勢正確，吸氣吐氣的節拍抓得準，才有練功的效果。」

有一段時期做過氣功十八式後，會有另一位老師出列，教大家跳元極舞。她常到中國取經，會的舞碼很多，不時會說，「我們來學一個新的。」

這種據說由氣功發展出來的舞蹈，對於我是更艱難的挑戰。好像新兵，連往左往右，都會錯亂，因此視跳得曼妙無比的老師爲奇才。她的厲害之處包括解說人身上的穴道、經脈，什麼動作強化什麼經等等。退休前是普通的基層公務員，現在學舞，教舞，進而竟像個教養生的中醫生！

表達對她的佩服，她說，「沒什麼，都是靠一點一點累積起來的。」

那一刻，叮！「累積」這個詞，在我的腦中有了鮮明的形貌。

退休後學畫、學書法，剛開始都覺得自己有天分，一學就會。但很快就發現從無到有容易；從有到好，戛戛乎其難。

對著以老人爲主的學生，老師最常說的是，「不必給自己壓力，學得開心最重要。」「不要跟別人比，有進步就好。」

這話我也可以琅琅上口鼓勵別人，用在自己身上卻無多大說服力。

首先很難不與別人比。平平是退休後來學的，人家怎麼寫／畫得比我好？我還很有心眼地研究同學們的「面相」，偷偷想著，「看起來也沒有比我聰明啊。」

當然同學中有相關科系出身的，也有學了多年的；可我也還算認真，至少都有繳作業。（每次只繳一張，是不能跟繳兩三張甚至更多的人比啦。）

「有進步就好」是不錯，但是進步緩慢，若有似無，難免有挫折感。但是從「叮」那一刻起，我提醒自己，認分一點，就一筆一畫地「累積」吧；只要有耐心恆心，每一筆都不會白費。

想當初素描從四種方向的筆觸學起，光是線條要畫直都難；現在鮮豔的粉彩作品敢於貼到部落格或臉書了。初學書法時，用「不對的」筆就有心理障礙；拿出宣紙，更彷彿蒼蠅搓腳那般，搓個不停，再正反兩面輪流摩挲半天，才能決定哪面是正面。如今，拿起紙，正反面立判；用便宜的毛筆，也不會在心中嘀咕；每次照著字帖或老師的示範寫作業，只要一張，頂多兩張，就可以交出去，不會患得患失。可見不管是畫圖或寫字，我的手今非昔比啦。

這麼想著，才甘心一點。

——原載二〇一四年三月號《幼獅文藝》

# 人體速寫

數年前，在朋友一再的慫恿鼓勵下，我終於提起勇氣去上人體速寫課程。要提起勇氣，主要是知道自己素描基礎還很初級，只會「慢描」，不會速寫。何況要面對的是裸露的人體！

第一堂課，在前輩的指導下忙著架畫架、找位置，沒注意有模特兒進來。待坐定，才看到一個束馬尾、胸前紮印尼 Batik 紗麗的女孩子在「喬」照明和電熱器的方位，播放CD。那時是冬天。

然後不知何時她已卸下紗麗，擺好姿勢。

每個姿勢十分鐘，她定好馬表，時間到就換一個，大家搶時間動手畫。

打量著模特兒的身材比例，手忙腳亂地描摹她的動態、線條，上課前存在心裡的尷尬忐忑，早已消失無蹤；也不去在意旁邊畫架後方坐的是男人還是女人。

原來面對人體畫圖，我可以如此思無邪。

後來面對的模特兒多了，就更坦然自在。他／她們都很專業，帶自己的CD，選擇自己要的 fu；有人選古典音樂，有人播輕快的拉丁舞曲，有人放抒情歌曲。

多數模特兒會先自己比畫一下，估量好最適宜入畫的姿勢再定格；讓我們畫一輪後，再換另一個動作。

一位長著青春痘的男子穿背心短褲涼鞋來，像沙灘男孩，卸下衣服，肌肉堅實，像尊銅雕。

一位金髮碧眼的男模特兒不高，但體格均勻，聽說是體操選手。

有的女孩披紗或繫大裙子，跳佛拉明哥或打扮成莎樂美；模樣都很美。

有的模特兒自備道具，比方一截漂流木或漂亮的背包，好增加畫面的變化。

一位聽說是舞者的男性模特兒，動作特別優美，本來不大出手的老師決定畫大畫，請他持續不停地隨著緩慢的節奏舞動、流動。

後來錄放音機出狀況，沒有音樂，他喬了很久的姿勢，情緒就是不到位。老師叫他就冥想吧。

面對模特兒，我這種新手用的是四開褐色「牛皮紙」，以粗炭筆練習，還得不時抹掉再畫；少數高手卻以自來水毛筆、水彩或粉彩直接畫在畫紙上，雖然線條簡單，卻已是自成風格的作品。老師示範的更不用說了，筆觸暢快淋漓，三兩下就畫出靈動的人體，臉面畫幾筆或索性空白，卻依稀看得到表情。

模特兒是由模特兒公司安排，他們普遍面目姣好身材標準。不過也有例外，有一位女模特兒看來過度纖瘦，像未成年，畫得我心生不捨；有一位竟是有「肚腩」的熟女。有人悄悄說「她很有勇氣」，有人抱怨怎會派這種人來。可我上了這個課後，慢慢體會到人體的美麗和尊嚴，這位熟女努力擺姿勢，更教人敬重。有不同體型與年紀的人可資練習，我覺得很幸運，很感恩。

可有一次來的模特兒卻著實教我嚇一跳。

她帶著稚幼的兒子！

讓兒子看著她裸裎在眾人面前？

前輩告訴我，她很資深，很優秀，他們畫過她挺著大肚子和哺乳時的模樣；儼然參與了她孕育生命的過程。可以想見那畫面溫馨而神聖，可惜我沒有趕上。

她的背影特別好看，美麗的線條給人「力」的感覺。那日她的兒子在後面安靜地看書，或在母親爲他拼好的椅子上睡覺。聽說他以前也曾客串模特兒，上小學後才不肯。

那回，老師好像畫得最滿意，特地把兩張作品簽了名送給她。

我孤陋寡聞，好像沒聽過有人以人體模特兒聞名。即使以自己的專業成就了大畫家，也不會有人去推崇畫作幕後的人吧？

中場咖啡時間，有的模特兒會過來看大家把她畫成什麼模樣，也隨興聊幾句。有一個說她目前學的是舞蹈，以後要學戲劇。她比較活潑，會看著馬表提醒我們「還剩一分鐘」，說接下來她只五分鐘就要換姿勢，「加油！」

模特兒都很敬業，卻有不「敬業」的同學。

那位男士常常不動筆，畫一下就停下來，只定定地看。模特兒是給你練習作畫，不是給你看的！我心裡不以爲然。

他還建議我們給模特兒打分數，分ＡＢＣ等級；以便日後自主要求派哪位來，不要由公司派遣。

「我在這兒畫七、八年了，有的模特兒擺來擺去就是那幾個姿勢，太差了！」接著又說，「像上次那個什麼身材，我都沒有作畫的意願。」

我好像不曾看他畫出什麼好作品。

相對的，他皺眉夸夸其談時，有個同學卻安靜地微笑，畫他的圖。不管是男性女性，什麼身材，什麼姿勢，他都可以從不同的角度、用不同的畫材畫出很有特色的作品。他的水墨畫線條流暢，炭筆速寫活潑；他甚至曾根據課堂速寫完成了一張大尺寸的油畫。

還有一位同學也很厲害，即使模特兒長得秀氣柔美，他畫出來的線條一概粗獷豪邁；連落筆的動作都乒乒乓乓，聲勢懾人。他畫得比較抽象，大剌剌的線條仍然給觀者很大的想像空間——畫圖本來就不必拘泥於寫實。

因爲上了人體速寫課，我這個保守人士可以比較坦然地看待人體；只是世俗眼光仍存在，看到模特兒走下台子時的衣衫沒有照顧好，還是很著急。

兩期下來，我畫技的進步有限；我把它歸咎於我的眼睛，它們總是抓不準方位、大小。靜物、風景無法抓準還好些；人體的比例「走精」，就好像建物的結構傾圮，難以修正。

聽說那個課程已取消，我很慶幸在恰好的時間，趕上了它。現在那些模特兒的模樣依稀彷彿，有點懷念，感謝他們成全了愛畫人的學習。

——原載二〇一四年三月二十一日《中華日報》副刊

# 有「同窗」可同學

## 陳年老滷

老先生中氣十足，講話有金屬聲。

他告訴同學，老師教得認眞，大家要珍惜；老師的水墨原作很珍貴，借回去臨摹，不可以拿下塑膠封套，才不會弄髒。

他自己也很認眞，每堂都錄下老師的示範過程；可卻不曾看到他交作業，說是在家畫了幾張，但拿不出手。

有一次不知爲了什麼事，他大聲罵人，過後說自己脾氣不太好，以前當主管，強勢慣了。不過，有時他會印有關健康養生的文章給大家參考；輪到他値日，班長尊老，說是不是免了？他義正辭嚴，「當然要値日，沒有特權。」

那日，他拿出一個約十五公分高、裝液體的玻璃瓶，分享他的養生經驗。「現在它底下有沉澱物，就像渾濁的血液。」然後放平，顏色慢慢流到清水部分。「年紀大的人，早上醒來不要急忙下床，先在床上做一點運動，讓血液循環暢通。」他上下左右搖晃瓶子，瓶水變均勻了。「像這樣，人要動，血液流暢，血管有彈性，就不會阻塞、中風。」

他說以前工作重，壓力大，有一年檢查出血管狀況不佳，甚至在腦部有小阻塞，傷了大腦，所以開始吃免於痴呆的藥；並且注意飲食，避油脂，定時運動，血管的年齡終於大幅下降。

爲了讓他的經驗在親朋間更清楚，更具說服力，他做了那瓶液體做「教材」。剛看到它時，還以爲是養生湯呢。

請教他裡邊裝的是什麼，他說不記得了；年輕時就有科學實驗精神，試過不同的物質，最後才完成了這瓶清濁分離又能在移動、搖動或強力晃動中恰當地改變均勻度的液體。「十八年前做的。」

哇，原來是陳年「老滷」。

## 泡茶畫圖

水墨課，兩位同學在聊天，八十多歲的黃大姊說她的眼睛不好，是因爲小時候美軍空襲，家裡的燈都點得很小，還用黑布罩著。「彼時陣讀公學校，攏嘛提著鞋子到學校才穿上。」

那比較年輕的同學說，「你還有鞋穿，我連木屐都沒。」她說小時候，光腳走在瀝青路上，眞的是像兒歌唱的「點仔膠，黏著腳，叫阿爸」；黏在腳底的瀝青，回家後用竹篾刮下來。「那時連草紙也沒，便便後用竹篾刮屁股。」

問她小時候住哪裡？台北市德惠街。現在那兒是高級地段，以前是一片稻田。我訝異，在台北竟然過得比住員林的我苦。童年時，我不僅有木屐穿，偶爾也有布鞋。不過，我光腳時踩的是石子路。

我旁邊的同學說，空襲時鄉下做田的人自己有米、有青菜，反而比城裡人過得好。「日治末期，美軍強力轟炸台灣時，物資嚴格管制，再多錢也買不到食物，還有人靠兩隻雞就換得中山北路的房子呢！」

這個像天方夜譚的傳說，我聽過的版本是，地主提出以一間延平北路的房子換農戶兩隻閹雞；農戶過意不去，多給了三隻！

同學有三位年過八十的，都很認眞，光是爬四層樓來上課就教人佩服；黃大姊還是老遠從新店來的。另一位陳大姊常說她的眼睛不好，下筆看不準，卻每節課都能交兩三張作業。還不時跟老師道歉，說她畫不好，眞歹勢；爲了有虧教導而慚愧哪。

我調侃她，「目睭無好，閣畫遮爾濟（還畫這麼多）！」皮膚白皙、慈祥溫和的她氣定神閒地回答，「下晡時無代誌，就泡茶畫圖啊。」聽得大家驚歎，泡茶畫圖，好優雅的休閒。

她說不睡午覺，喝茶畫圖，晚上也和女兒對坐著聊天喝茶。難道不會「睏袂去」？她說不會，一覺到天亮。大家又驚呼，很多人比她年輕，都有睡眠困擾了。

還有一位年長的同學也非常享受畫圖，有一次竟然畫得忘了中元節的拜拜！同學說那就不用拜了，她說不可以，得另找時間拜祖先，也得拜地基主。

## 凡事認眞

書法課一位同學交出全開宣紙寫的《張遷碑》！

每次學員成果展，都可以找到她的作品；不管她上的課程是篆刻、書法，還是剪紙，最大的作品幾乎都是她的！兩次展出的篆刻作品尤其豪氣，都是刻在一尺多高、鑲金、價值不菲的大陶器上。她笑說人小志氣大，就是喜歡大氣勢的作品。我說陶器上的字，有家訓的味道；她說沒錯，就是給女兒當傳家寶的。她有六個女兒，多已結婚；所以我說她還得再篆刻幾個，她笑說也可以給女兒「墨寶」啊。

第一次和她同窗上書法小篆，就見識了她的努力。她把老師示範過、恍如圖畫的字寫在小筆記本上，方便複習；說自己做什麼都全力以赴，在美國陪伴孩子那幾年，只開車接送她們上下學，以及去賣場採買生活必需品；什麼地方都沒玩過！

果然她的進步特別快，別人寫四開、頂多對開宣紙，只寫部分帖文；她卻練習全文，學期結束，交出字好、墨韻也佳的全開作品。

這回第二度和她同窗，上隸書，她又是唯一寫全開作品的。大家嘖嘖稱羨，說光算格子、畫底線就要花很多時間！請教她這張十八字×三十二行的《張遷碑》是寫了幾張後的成績？她說這是第五張！

寫一張要六小時，吃過午飯後坐下來開始專心一志地寫，直到完成；不必起來喝水、上洗手間。五六三十，所以花了三十個小時！

有人驚歎，一定是不必做飯才做得到！她卻閒閒說，「中午已同時做好晚餐，時間到，按開關就好，所以不會沒時間。」

這名體力和效率都厲害的女超人長得很好看，五官和聲音一樣甜美。我說她的女兒們一定也很美；她不矯情，「對，但是比我高，身材更好。」

後來見到她兩個女兒，果然是時尚美女！她不無得意地說，身上的衣服鞋子都是女兒們買的。又說生了四個後，婆婆喊停；但祖母說她丈夫是長孫，該有男丁，所以她又拚了兩個；還是女孩。她笑著，「我嘛有認眞『做人』啊！」

## 有「同窓」可同學

老師說窗字，他常愛底下寫「心」，而非「囱」，「因爲心窓好。」

幾乎每個人都說有上課才會寫字、畫圖；到了教室，就打開心窗，藉同學們的努力和進步來激勵自己，順便吸收一些不同的學習經驗。

有同學說從小他母親教他書法的「歲」字上面不要寫「止」，要寫「山」；因爲壽比南山，不要歲止。另一位說「日」字要留小缺口，才好說話。

有一個同學還悄悄告訴我，字寫了一半墨汁變濃稠，不要加水，滴一滴米酒較好。

有這種祕笈？我眞的試過一次，寫「溪花與禪意，相對亦忘言」前，我起身「斟酒」；

米酒滴入白磁墨碟，幾乎可以聽到「嗞」的一聲，中間有一剎那的白光；墨汁散開，又馬上聚攏。加水不會有這種現象。

後來她問我，效果如何？我笑說，墨不再稠得毛筆拉不開，墨色也不會過於「躁」；不過每個字都醉態可掬。

書法班的男生特別多，而且多是有了年紀、從小練過字的。他們寫得好，時間也充裕，有一位作業常一交八張、十張，又到得早，總是搶到先給老師看作業的機會。

老師說指點的雖然是一個人的作業，大家在旁邊聽一樣有所得；可卻有人很不平，說那他下回交二十張，另一個說，「下次大家帶便當來！」

這位說帶便當的同學很有趣，老師說他寫得不錯，最好用宣紙，不要再用毛邊紙了。他謙說自己會畫圖，字也是畫出來的，還沒資格用宣紙；可下回卻把毛邊紙一張張黏成對開宣紙大小！

## 書畫諍友

我羨慕素玫的書法，她跟隨過不同的老師，吸收了不同的寫法和字體。看到喜歡的作品，我就想「扣留」起來收藏；偶爾她會割愛，通常卻只准我拿回家觀賞幾天。大大的行書「棒喝」兩字，大器又有墨韻；索討不到，我只好借回家依樣畫葫蘆，可惜寫得一點也不「棒」。

她都說讀帖比較要緊，讀過了，「相準準再寫下去，才不會浪費宣紙。」可我相準準再寫下去，卻常不是那麼一回事，只練出一疊「枕頭套」。

她的畫圖紙、粉彩筆，也用得很省。因爲她的空間感精準，不管是寫生還是臨摹，都不會「走精」；對於明暗、色階的掌握也胸有成竹。還有，她很有耐心，即使畫得慢，卻一定可以有始有終完成；不像我，畫得快，卻常結構不佳，修來修去，最後放棄，白白蹧蹋了畫材。

不過，對我來說，兩人之間不只是互相切磋；她更大的「重要性」是當我的書畫諍友。每有一張略微滿意的作品，我就傳電子檔給她，聽聽她的意見——或者只是「愛現」，想聽到她的讚美。

一起上課前，就是多年的朋友，清楚彼此的個性，所以她敢於實話實說。聽不到讚美，我難免失望，但很快就接受她客觀的看法。當她說我一幅靜物的透視感有問題，檯布上的蘋果好像要掉下來；我左看右看，覺得她說得不錯，便去「喬」桌子的角度。當她說我一幅水墨畫的筆觸怎麼那麼硬，我一方面辯解，「才學多久！」下次卻謹記落筆要有輕重、轉折。

好在她也說了裝蘋果的籐籃很好看，我比她會處理速寫小品的淡墨等等。如果都得不到肯定的評語，我大概無法容忍她做我的諍友吧。

——原載二〇一四年五月四日《自由時報》副刊

# 輯二——美麗的機緣

# 紅色流蘇

連著兩次，他說散步的路線上有兩排流蘇，驚歎著，「花開得眞是漂亮。」

我奇怪，就我所知，附近只一家餅店開放的院子種有三棵流蘇。第一次看到，爲之驚豔，問了人，確定那是流蘇。後來每年開花，我都會去仰望；可最近不曾看到它們開花啊。

「紅紅的非常好看。」

紅紅的？「你弄錯了吧？流蘇的花是白色的。」

「爲什麼一定是白色的？也有紅色的。」

我看他不服氣，便上網找出流蘇，「你看到的花是這樣的嗎？」

「流蘇爲什麼一定是這樣的，那一叢叢紅花才是流蘇！」

我失笑，如果這不叫硬拗，那什麼才叫硬拗呢？

不想跟他辯。再說，花名是人取的，如果第一個人給那紅花取名爲流蘇，她不能去戶政事務所改名，不就一輩子叫流蘇了嗎？

和朋友聊天，說了這段兩人之間的「辯論」，朋友笑說她們家男主人愛拗的習性也不遑多讓。「老夫老妻能聊的不就剩下這些！」「男人不記細節，又不肯承認自己記性不好，碰到爭議時一定先防衛。」

好像是這樣。我想到去年一個時間拉得更長、內容更豐富的爭辯。

兒子的店裡，有一張又大又重、橫切面樹幹、邊緣不規則的桌子，桌面上展示陶藝品。那原是小叔的。以前他郊區的房子大，擺在餐廳裡，家人圍著喝茶、聊天，看院子裡的花，非常適配；搬家後，新居無法容納那麼龐大的桌子，正好兒子在迪化街開店，便送給了他。

先生說它的前身是景美老家客廳使用的桌子。

我說怎麼可能！老家用的是和式矮桌，比較像是日式屏風改成的；雖也是樹木的橫切面，薄薄的應該不到兩寸厚，上面有天然的小洞。

不知老家拆除後，桌子哪裡去了？

「就是現在放在孩子店裡的那張啊！」他堅持。

那桌子，厚厚實實，保留著樹幹的原型，而桌面平整，並沒有能讓愛麗絲掉下去的洞。可我清楚記得，婆婆曾一再嘀咕物件沒放好，會從洞口落下去。年節時刻，把它當小孩飯桌，還得在洞上鋪個木片，才能確保小碟小盤的安穩。

這樣的舉證仍無法說服他。

「還有，當年我們坐的是普通的沙發，可現在那大桌的椅子是圓柱型原木！」越說越有畫面，我還感覺得到當年和婆婆、大姑坐在沙發上做手工的餘溫。不記得當時公公的工廠做什麼產品，只記得徒手作業很吃力，我想到用筷子來輔助，婆婆跟著做，說還是我比較「巧」。

還有，我下午上班，吃過午飯後常沉迷在電視節目裡，幾次驚覺時間不早了，才忽然從沙發拔起身子，飛奔出門搭公路局車子到博愛路，再走到中山堂旁的報社。我都想得起自己快速奔出門的模樣哩。

先生倒也不否認當年坐的是沙發，卻說那一組圓柱木頭椅子必是弟弟後來配的。

「你眞會編故事，講得有腳有手！」我氣急起來，「哪那麼容易配，那種桌子椅子都是成套的。」

「要配就找得到！」

龐大的桌子占空間，又不實用，孩子擺在店裡一段日子後，說它與店的氣質不大搭，看親友中有誰要，送給他。

據說這麼大的原木桌子可以賣個十來萬，可就算眞有這行情，去哪裡找買家？這種家具也許地方民代比較偏愛？實實在在，有草（樹）根性，擺在大大的客廳裡，泡茶、議論時政，很有氣勢；想必也很能配合牆上「爲民喉舌」、「伸張正義」之類牌匾吧。

後來，孩子租了一間較大的店面，三進、有兩個天井的典雅老屋。大桌子遂搬過來，先是擺在第一進的天井裡，上面擺盆栽，和邊上數盆高大的植物，以及牆上垂墜下來的蔓藤組成了一個袖珍森林，相當好看。

可桌面已除去亮光漆，露出原木的色澤和氣質，不宜曝在陽光下，更不能風吹雨淋，於是移到二進室內，擺茶具和「小籠包」調味瓶之類精巧的陶藝品。

這兒空間大，陶藝品與原木的搭配很協調，它眞是找到適當的位子了。

在新地點看到了它，先生仍然堅稱它是老家客廳的桌子！

把兩人的爭執說給兒子聽，他們只覺得媽媽很無聊，這種事哪值得這麼認眞？

曾有長輩不甘心地說他與妻子意見相左時，常敗下陣；因爲女人較記得住細節，又會做筆記，辯起來聲勢懾人。

我沒做筆記，但我的空間記憶如此明晰。

還多虧他觸動了我的「回憶機制」，舊日影像慢慢回到我腦海中。

老家是兩層樓建築，有百坪花園，園中曾砌有一個長方魚池，還有一個石頭堆疊的小圓井——不是眞的井，裡邊裝水龍頭。幾棵高大的油加利樹上總有雀鳥唱個不停，一棵金桔樹長的果子酸，婆婆拿它們鹽醃起來，咳嗽時沖熱開水喝。

園藝是公公的休閒活動，花種了不少；拔雜草卻是婆婆的額外差事，經常可以看到她或蹲或坐，拔那永遠拔不完的草。

住家與工廠隔百多公尺，孩子們在小路上奔跑、放風箏，工人在路邊種菜；阿宋阿伯借了一塊地種蘭花。而公公提煉咖啡因、香茅油的工廠，熱水源源不絕，附近親友都到工廠的大澡房洗澡。

可惜當年鄰近一帶土地在市政府「都市計畫」的徵收範圍內，先是說要建瀝青拌合場，然後是政府機關用地，再後來是道路預定地。經過多年抗爭、訴願、行政訴訟的折騰後，老家到底保不住，那一帶蓋起了兩排大樓！

而現在，我們爲了一張桌子各說各話。

爲了弄清楚它的來龍去脈，我說你何不問問老五，他對家中的典故比較清楚，何況他是最後住在老家的人。

他倒也從善如流打電話去問了。老五說如今在兒子店裡那張大桌子原是他丈母娘的，後來搬家放不下，送給了么弟。

至於老家那張兩寸厚樹木橫切面、上面有洞的桌子，是阿叔年輕時從太平山拿下來的木頭做的，目前在他家裡。

每一張桌子都有它的身世，不能給它亂編嘛。

這一則「公案」，朋友們也聽得好笑，說，「多虧周先生有興致硬拗，爲你打開了回憶的窗口。」

她們回頭想到那被他定位爲流蘇的紅花，問我有沒有去求證它的身分？

這是一定要的！某個上午，我特地去看過了。遠遠看著，好多的紅花，的確美麗。我心裡有數，靠近去看個仔細，沒錯，圓形針狀輻射性花朵，是我很熟悉的粉撲花。它也叫粉紅合歡、小葉合歡。

——原載二〇一三年十二月十九日《聯合報》副刊

# 秋秋「轉去」之後

我們的狗，親愛的秋秋，是二〇一一年五月走的，三年了。想到她，憶起她最後那段日子，還是會難過不捨。

很難不想起她，即便一個輕微的聲音，或眼角餘光瞥到的一個影子，都彷彿她仍在屋子裡走動。更別說外面和電視上不時可以見到狗蹤；有一天甚至在公園裡看到一隻很像她的狗。

我說起那狗身上毛色的分布和秋秋的差不多，孩子問，「有秋秋那麼漂亮嗎？」她是很漂亮，中型，青壯時期有十七、八公斤；毛色黑亮，脖子一圈白，尾巴也一大蓬白。在茶園中奔跑時，矯捷如一匹小馬；白色尾巴也好像一面風帆在綠海中前行。

她是兒子收養的小流浪犬，秋天撿的，外型又像秋田犬和哈士奇的混種，兒子便給她取名爲秋秋。先是養在他學校附近的租屋裡，後來我勉強答應在公寓房子裡養狗，才讓當

微笑秋秋（炭筆畫）

時八個月大的她進了門。她聰明可愛，很快收服了我們一家人，一整個樓梯的鄰人也都愛她。

和我們共同生活的十幾年間，她一直活潑健康。聽養狗的朋友說著帶狗看病、甚至動大刀的經驗，我們都慶幸她只偶爾有皮膚小問題，沒有讓我們太操心、太花錢。我們還一直調侃她天真，「一臉幼稚」；竟不去意識她老了——或許我們刻意不去想吧。

有一天，她在五樓例行要跳上兩尺多高的花壇去尿尿，卻躍不上去；一試再試，不是退到地上，就是掛在空心磚上喘氣（也會困惑吧），我才驚覺她的體力不行了。

後來，她上下樓梯也會仆倒，只好讓她的活動範圍從外面的天地縮小在自家屋頂；只需每日早晚兩次上下一層階梯。

接著，更明確地看到她的老了，叫她，好像聽不見——先前只當她懶得理會；地板上的餅乾、花生米，很費力才吃到嘴。耳背，白內障，跟人一樣退化了。

更糟的是，有個傍晚忽然看到她癱在地板上，四肢奮力地「划」，仍站不起來；我心裡的難過和驚嚇，無法形容。那個早上她還在樓上走動，唯恐她去干擾忙於餵哺幼雛的白頭翁，我還小心提防她靠近那棵藏有玄機的小樹啊。

驗血，照X光，做超音波，醫生說她頸椎骨刺很多，壓迫到神經，腎功能不是很好，肝臟也有問題；聽得我心痛流淚。如果是住在有電梯的房子，不必常爬樓梯，頸椎骨刺問題諒必不會那麼嚴重。

從此，持續了一年的抗病作戰。先是看西醫，再後來，求助中醫：針灸、吃中藥。餵狗吃中藥很辛苦，每日早晚各一次；哄她吃過飯後，得先後以針筒灌餵治肝、腎和骨刺的三種藥，行有餘力，再餵青草茶——車前草、玉米鬚和當歸熬成，利尿的。

即使每次都搬小凳子坐下來慢慢餵，我的膝蓋和腰背還是開始出狀況。有時她也會煩，撇開腦袋，讓餵食的人焦躁、氣急。

我們給她補充不同的營養品，也聽養狗達人的建議，高麗菜、胡蘿蔔切碎炒一點雞胸肉，給她換換口味。朋友說，「腎疾處方的狗食很難吃。」

在秋秋面前，話也不能亂講，一日我傷感地說，「耳不聰，目不明，腳力差，體內的導航系統失靈，甚至嗅覺也遲鈍；她的年紀相當於人類的七、八十歲，到底老了，退化了。」過後，孩子愼重跟我說，她現在一定很害怕，不知自己爲什麼站不起來，「我們不能在她面前說洩氣的話，削弱她復健的意志。」說的也是，她聽得懂；她年輕時，我甚至覺得她有「讀心術」呢。

大約針灸六次後，她猛然站了起來！站不穩，笨拙的模樣像剛出生的小羊。然後，慢慢能走路了；我們都鬆了一口氣，覺得針灸眞是神奇。

但是，醫生說癱瘓後復健，原有的記憶都不存在了，等於重新學習走路，跌倒很麻煩；所以塑膠墊鋪在木頭地板上之外，也得「隨侍在側」。夜裡乾脆把她綁在床腳，她醒醒睡睡，起來繞行好多次，碰碰撞撞，弄得我也睡不安枕。

後來她走得較穩了，又恢復以前的習慣，不時施施然到所有房間遊走、「巡視」，包括不准她進去的廚房。

聽說這種無所事事的行走，就是老人痴呆的症狀。

痴呆沒關係，我天眞地期望她的體力一日比一日好，好到像醫生說的，生活可以自理——那口吻竟好像她可以自己洗澡，不只是大小便問題了。可兒子提醒我，她不是日日在成長的小孩，很有可能再退化回去。

幾個月後，無法避免，她果眞退化回去，又站不起來了！第二次發作，雖然孩子們更勤於帶她去針灸、打針、拿藥，效果卻沒上次好；要站立，要走動，都得有人從旁協助。兒子買了可以「提起」她下半身的護帶；發現不實用，再親自量身打造了一台可以托起她全身的「輪椅」；可是她一天一天衰弱，終究離開了我們。

這樣說很「言簡意賅」，其實從發病到去世，將近一年的時間，對於家人，尤其負責近身照顧的我，是很大的煎熬。這是我這輩子第一次如此近距離、長時間地面對一個生命的崩壞，與死亡。

一個只有我一人在家的凌晨，瘦骨嶙峋的她極力要站起來，嘴裡哼哼唧唧，甚至大聲嚎哭。是哪兒痛嗎？或者爲了自己落到這步境地心有不甘？我焦慮、害怕，喃喃念著心經，念救苦救難觀世音菩薩；就算不能安撫她，至少讓自己的心情平靜些。無計可施，我餵她阿斯匹靈——如果有嗎啡，我也會餵。

可白天，她見到我妹妹來，又很精神地搖起尾巴。

過兩天，寵物店送狗食的人離開後，她彷彿想到身爲一隻狗的責任，大聲吠了起來；而且好像一時意識到從自己嘴裡發出聲音是很美妙的事，叫了很久。

孩子們聽到這樣的報告，都歡喜驚歎，「哇，眞是靈犬！」

又老又病，反應也遲鈍，大家心疼，便把她當年幼無知的小狗看待了。

獸醫說她能有這樣的情況，「是錢堆起來的。」

也是愛堆砌起來的。一聽說她生病，最愛她又有照顧老狗經驗的鄰人怡文馬上送來護理用品，以及整箱高檔寵物營養品；兒子和媳婦耐著心一趟一趟接送她去針灸；住附近的兒子有時回來過夜，幫忙夜間看護。可是，看著她的痛苦，我心裡其實早就興起一個念頭，如果，如果獸醫有一點「放手」的暗示，我應該會同意讓她安詳地「轉（回）去」。我喜歡台語把離開人世說成「轉去」；回去她的來處，可以看到親愛的家人吧。

她體弱無力後，必須抱起她、讓她「懸空」小便；當她縮起四肢，好像飛機起飛收起輪子，就表示「會有成績」；尿完，四肢才放下來。幾次在陽台，坐在凳子上等待我懷中的她「起飛」，我在心中說，秋秋，飛吧，飛去天上，就不必再受病痛的折磨了。

三年前的春天，她「飛」到天上，再不必受苦了；倒是我自己，靜下心來，卻不時檢討自己對她做的夠不夠？好不好？

有一次，在羅斯福路一處十字路口等紅燈，看到一隻米色拉不拉多趴在人行道上，抬頭看主人。那四十多歲的男子和氣地說，「你不想過馬路啊？」

他是不想過，咧著嘴「笑」看主人，又優閒地欣賞著匆匆前行的人。而主人就和他一起待著。

我走不同的方向，走到對岸，回頭看這一組人與狗。他們的燈再度亮了，拉不拉多仍好整以暇地趴在那兒。

我心裡難過，對待秋秋，我不會如此寬容。該過馬路，她不肯過，我會拉她快步走，讓她不由自主地跟上；拉不動的話，就用點力氣拽她。

而且，我拍她、撫摸她，「同意」她把腦袋擱在我的腿上，偶爾也「點到爲止」地抱她一下，卻一直抗拒她用舌頭舔我；那是狗的本能呢。每次我說「不可以，不可以」，她就訕訕然走開。

長媳說起她們養的拉不拉多很精，每回說「巧克力，抱姊姊。」她會雙手環抱她，接著卻嘆氣，「好像並不想這麼做。」天冷，她會站在專屬的單人沙發前，示意姊姊鋪床，把毯子放上去：寒流來襲的日子，還曾偷偷爬到她們床上，拉扯被子在自己身上。

聽起來有趣，但我不以爲然，說不該容許狗睡床上。心裡其實更爲秋秋吃味，我們堅持她睡自己的毯子，連沙發都不准上去。

可我又「不服氣」地告訴自己，我對她也算很有耐心啊。寒流來襲的夜晚，陪她，安撫她，幫助不時硬要站起來的她；即使極睏，我寧可在膝上放一條小電毯禦寒，坐著發呆、打盹，或胡亂畫圖。

現在不小心翻到她走前四天靠著書櫃、掙扎著起身的速寫小圖，仍忍不住流淚；還刻意把她畫得比較有肉呢。

她走後，幾度夢到她，第一次，是在我終於拿下冰箱門上寵物店名片那天——早就不需要叫狗食了，卻一直不想丟了它。那次的她，是病中極力掙扎著要起身的模樣，教我醒來後含著淚怔忡許久。

後來的一次，好像剛洗過澡，毛髮濕而黑亮；她熱情地迎向我，在十二抽老木櫃邊大力搖動結實的身體，水灑了一地。我非常激動，揉著她的脖子，嘴裡想說，「秋秋，是你？」可喉嚨乾啞，費了好大的勁，卻發不出聲。

然後，我就醒了。心裡覺得安慰，她完全脫離病痛了。

現在，走在路上，看到狗，不管大狗小狗，我常會靠近去，凝視、微笑，或出聲招呼；知道自己臉上的線條和心裡一樣柔軟。

——原載二〇一四年九月號《聯合文學》

# 會「說話」的拉拉

每週的家聚除一家六口外，大兒子夫妻養的拉不拉多犬 Schoko 也常出席。Schoko 是德文的巧克力；因爲她渾身巧克力色。

她原來屬於一對年輕情侶，他們分手後，狗由男孩飼養。有一段時間他在國外，託一位愛狗的朋友照顧；而那朋友自己有兩隻大型犬，狗之間關係緊張，空間又有限；兩三個月後便把 Schoko 託給愛狗、也有豐富養狗經驗的我兒子。她的主人回台後很生氣，說怎麼可以把他的愛犬交給他根本不認識的人，急忙到我兒子家討回。但過了一年，他又因工作必須滯留外國，想到 Schoko 在我兒媳家的生活環境不錯，有開闊的校園，又受到寵愛和適當的照顧，才索性放手。如此輾轉換家庭，聽著都替 Schoko 心疼。媳婦也說過了一段日子，她才適應新主人和新家，才肯聽令坐下、趴下。

她第一次到我們家作客是某年除夕，一進門，不提防，主人狗——我們的秋秋即刻撲上去！秋秋年紀比她大得多，體重少她將近十公斤；但捍衛主權的意志堅定，追得 Schoko 唉唉叫，從客廳到廚房，一路逃竄；不得已，把她關在房間裡。秋秋還兀自憤憤不平呢。

我們完全沒有想到秋秋的反應如此激烈；但是，回想起來，她這一生之中其實有過一次相似的暴衝行爲。

多年前在楊梅，她與隔壁家的台灣黑色土狗 Amigo 在社區裡散步相遇，都相安無事；但一日 Amigo 踏入我家院子，秋秋當即撞脫紗門，衝出去，咬住對方的脖子；兩家人費了一番勁才把兩隻狗分開——幸好秋秋還有分寸，沒有咬入皮肉。Amigo 的主人心有不甘，說他家的狗是相撲選手中的「橫綱」，怎麼會輸給第一次出手的混種狗。「你們秋秋一定受過特殊訓練。而且有秋田犬的基因，才這麼凶猛。」

相隔多年，當初血氣方剛的狗已年老，要不是Schoko認分善良，占下風的很可能是秋秋呢。

不過，這回我們不怪秋秋的暴烈，如果她被外來的欺侮、收服，那才可憐。

這個初臨的客人，溫順可愛；可那麼大一隻狗，「擺」在公寓裡，眞有點「不協調」；再說，頭那麼大，渾身黑褐短毛，沒有「花樣」；比起來，混有秋田、哈士奇血統的秋秋比較漂亮。也許只是因爲看慣了。

但是，Schoko 有一個秋秋所無的特質，她會「講話」。被隔離在房間裡，她一直喃喃說個不停；不是狗一般發出的哼哼唧唧，不是撒嬌的嚶嚶鳥叫，而是有不同音調、音域、節奏的聲音。那意思無疑是：是她欺負我，又不是我欺負她，教我一個人在這裡，不公平；再這樣，不如帶我回家。……

聽著那持續不停、沒完沒了的哀愁和抱怨，我們忍不住一再爆笑；太有趣了，我不曾見過這麼會講話的狗！

隔了兩年多，秋秋去世後一星期，她才再度來我們家——可能這中間她被原主人「收」回去過。這次她在屋子裡走動穿梭，非常怡然自得。媳婦說她到陌生的地方都會焦躁不安，在這兒如此自在，可見她知道這兒也是自己的家。

兒子或許是爲了移轉我對秋秋逝去的悲傷，才帶 Schoko 回來；可我乍看到她，並不歡喜，我爲秋秋不開心，她才離開一個星期！只有我有這樣細緻微妙的心情吧。想到秋秋初次見到她「侵門踏戶」的憤怒，我默默在心裡說，「秋秋，你在天上無病無痛，快快樂樂；不要在意 Schoko 來到你的地盤喔。」

一次一次來，這兒的確是 Schoko 的家了。

一家四隻狗（包括小兒子家兩隻）的胃口都很好，永遠對吃有興趣。秋秋在餐桌邊索食時，會把腦袋擱在人的大腿上；對於媳婦們，她更沒有忌諱，會去拉扯她們的衣服。

Schoko 卻不動手，只是眼睛定定地瞧著你，或念念有辭；得不到注意，才叫幾聲。受託照顧她時，最傷我腦筋的是，要吃東西，都得躲在她的視線範圍外。早餐我常一手滑鼠，一手饅頭，裝沒看到她；可一轉頭，那坐得挺拔的身體多麼優雅，一雙漂亮的琥珀色眼睛深情款款地望著你，好意思不請她吃一口嗎？有時她兩隻眼睛輪流上揚，意思分明是疑問句：怎樣？

可她非常有規矩，食物放在盆裡了，沒聽到一聲「好」，就不會開動。有一次兒子的畫家鄰居受託照顧一晚，過後他跟兒子抱怨 Schoko 好奇怪，明明口水都流出來了，卻不去吃。「我不停地說吃啊，可以吃啦，爲什麼不吃。還輔助手勢，眞是唱作俱佳，她就是不吃；過了很久，不知爲什麼，才終於動口大嚼。」

媳婦這才發現自己忘了做重點交代，笑說，「一定是後來，你說到關鍵字。」畫家說，「哪有什麼關鍵字！後來我只是說，好吧，你不吃就算了！」他還沒意會到句子中的「好」是通關密語呢。

每次來這兒，進了門，她一定直接衝到食盆。在這兒，她吃米飯，不是吃狗糧；每次得先把飯放涼，等她到了，才倒入盆裡。那節骨眼她很著急，聽到「等」，才肯安定坐好；

倒好了，來回看看你，看看飯，總得有一個人下了指令，她才三下兩口快速吃完。大狗食量大，吃得又極快，簡直都不用嚼。

有一次我放一塊蘋果在她碗裡，過一會兒過來，看見她居然定定地守著它，連忙說，「歹勢，歹勢，忘了跟你說——好！」兒子把餅乾放在她鼻子上，她仰著頭保持平衡，兒子說「好」，她才把它抛上去，再以口去接住。

簡直像受過訓練的特技演員嘛。媳婦說吃東西速度超快的她，吃西瓜還會吐出一粒粒籽。

但是對於水，她有個原則，只喝濾過的水。

所以那回客廳和式桌上，三條斑馬魚憑空少了兩條，我把她列爲嫌疑犯時，媳婦爲她辯護，說她不喝來源不明的水，連聞到水中自己的口水，都會走開。而且，她從不吃「生鮮食品」。

兒子、媳婦在她面前的身分是哥哥和姊姊；當她雙眼看著他們嘀嘀咕咕時，問她要做什麼？她會帶他們到她心目中的目標，比方桌上的食物。有時，她走到門前，再回頭望望姊姊。姊姊說她想回去。她聽懂了，歡快地跳躍。「她很聰明，可以溝通。」

這麼聰明的拉不拉多，怎麼沒有被挑去當導盲犬？可據買她的原主人說，他們看上她時，寵物店老闆誠實地告訴他們，一窩小狗中，她的價錢較低；因爲有點小缺陷。她哪有什麼缺陷？我們覺得她很棒啊！即使曾有小瑕疵，想必是在成長過程中消失了。

——原載二〇一四年七月二十日《自由時報》副刊

# 流浪動物的守護者

我的朋友對於貓狗的愛是「頂級」的；本來她全力照顧狗，大約十年前，再加上貓。每聽她談起編制內（家中）十隻上下和編制外不計其數的貓狗，朋友們常會瞠目結舌；佩服她對牠們的護持和她花費的精力與金錢。

做爲一名街頭動物的守護者，難免會受到嫌棄牠們的人類的歧視和阻力；但是經過多年的努力，她已把這樣的阻力降到最低，「用錢砸出來的。」她說。

首先，她不餵乾糧，狗，她每日煮雞脖子拌飯（她同事曾說那麼香，眞想吃），貓，以魚罐頭拌雞肉絲。食物一路定點擺放（看到狗屎，順便撿拾），再一路回頭收回食盆。因爲食物美味高檔，都在很短的時間內給吃得乾乾淨淨，不用擔心汙染環境，引鄰里詬病。

其次，她徹底執行TNR政策——Trap捕捉，Neuter結紮，Return放回。每發現自己「轄區」內有需要治療、節育的動物，她就千方百計捕捉到案，送去醫院。

帶動物去治療、結紮，需要錢，她絕不手軟。有時醫生會順便為牠們做附帶的檢查，確保健康。結紮住院所費不貲，一旦碰到要開刀的毛病，光住院費都要兩三萬。

好奇問她，每個月平均花在流浪動物身上的錢有多少？

比四份台灣年輕人的底薪還要多！

你說我們能不瞠目結舌嗎？

我記得她以前常自己買營養品、買藥來調理狗的健康；因為養狗經驗豐富，也很有成效，連獸醫都佩服。那些人類吃的維他命、葡萄糖胺、紅寶樟芝雖然不便宜，到底比醫生收取的費用低得多。鄰居的狗病懨懨，她不也曾自告奮勇，給藥，給營養品，照顧得很壯碩？所以我說為什麼如今貓狗連小感冒都要去看醫生？

她說傭人也很愛流浪動物，發現哪隻貓流鼻涕、長眼屎，都要送醫才放心。而她是照顧動物的得力助手，煮食，飼餵，不能沒有她；所以，不會否決她的決定。

我說，「我感冒都不用看醫生；動物也有自癒能力，我們的狗還會在自家頂樓找藥草吃呢。」

我的朋友很有錢嗎？應該不算。沒有不動產——幾十年花在街頭動物身上的錢夠她買好幾棟房子了；身上的衣服、鞋子每件/雙三百九十元。她哈哈笑，「沒辦法，我只在上市場時順便買；那兒的衣服鞋子差不多就是這個價錢。」

幸好她長得好看、大器，又愛「炫耀」身上的衣著；自信和自嘲讓她更添光彩和風趣，即使穿的是市場衣服，仍然很閃亮，在她少數貴婦朋友面前，一點也不遜色。

不是只捨得在流浪動物身上砸錢，她也親自照顧牠們。白天工作，下午兩點到五點補眠養精蓄銳（所以這段時間朋友們謹記著不能給她打電話）；到午夜兩三點，才騎上她的小三輪車「出勤」，一路巡視，一路餵食。一年三百六十五天，除了每年一次到美國度個十天的小假外，不管颳風下雨、酷暑寒流，她每天半夜「走上街頭」。每聽她談起這種長年不變的生活型態，我都忍不住讚歎，「眞是偉人一枚！」

話一轉，她說自己不是只靠砸錢和身體力行，對於某些人或單位，她要表現的是自己的影響力。投書，寫文章，陪愛心媽媽或動保團體去相關單位請願、抗議。難得碰到這種熟悉法律、口條又清晰的愛心媽媽，官員自不敢敷衍輕慢。她一向擅長邏輯思考、分析時事，還當過政治大咖的文膽，做這些事對她來說其實是小 case。

有一段日子，她轄區內的貓被下毒，死了好幾隻；悲憤的她去報了案，動保單位很快來蒐證；可惜後來沒有下文。靠自己努力訪查，她掌握到嫌疑犯；請了人去拜訪他，算是柔性勸導，希望他以後不會再做殘害生命的事。

每次聽她談這些，我例行慚愧自己號稱愛狗（與貓族尚無接觸），卻只照顧自己家人養的狗；對於外面的狗，只是柔情地靠過去打個招呼，看看牠天眞無邪的眼睛和可愛的模樣——狗即使醜，也醜得有趣。或者就坐在沙發上，看「報告狗班長」節目中那位班長教導人際關係不佳的狗和牠的飼主；看美國動保團體搜尋受虐動物，治好牠們，讓牠們卸下心防親近人，最後有好家庭願意收養的動人故事。也看電影中流浪數千里、歷盡艱辛回到家的牧羊犬；看主人猝死後仍每日定時到車站去等他、直到老死的秋田犬；看極地中盡忠職守的雪橇狗哈士奇；看會打籃球、橄欖球的神犬巴弟。

我也讀狗書。有關狗的書和電影都讓我歡喜、感動、流淚。可是在臉書上看到受虐動物的短片，我卻快速跳過；不忍看，更談不上動念去收養那可能很快被「不安樂」的動物。經歷了我們的狗的傷逝後，我沒有力氣再養一隻。和大多數人一樣，我只合隔一層距離去愛狗，頂多捐一點小錢。但是她，我的朋友，一次一次承受失去動物的傷慟後，守護生命的熱情和善念卻有增無減。

常有人稱許她的善行，說她日後會有福報。她覺得這種「福報說」很俗氣，「我只是愛牠們，又不求福報。」

不過，最近幾年，遇見善良又全心信任她的「案主」，讓她的工作很順利；她團隊的努力和亮麗的成果，又接到後續的工作。「我開始想，也許我眞的從中得到了福報；上帝知道我需要錢來照顧流浪動物。」

這福報是多年累積起來的。她的人生也曾有非常沮喪、憂鬱的時期；那時刻，朋友最大的功能是聆聽。現在，我們不必陪著唏歔，只管開心分享她的歡喜。她說家中一隻年輕的狗常上床與她爭席位，不小心壓到牠，就唉唉叫；所以她買了一個厚墊鋪在床角，告訴牠以後就睡這兒，「現在互不干擾，早上七點，牠才過來撥撥我，叫我起床。」

我說，你不能把墊子鋪在床下嗎？

「不行，牠堅持睡床上。」寵狗如此，非我能理解。

三個人從餐廳出來，我和Bing 看她停在騎樓的三輪車，驚歎，「你換新車了，好漂亮！」

她一向稱呼她附有貨籃的三輪車爲「法拉利」，這輛法拉利車身玫瑰紅，像她偏愛的衣著一樣 bling bling，相當好看。「不怕再被偷嗎？」她說這是她第九或第十台車子了；六千元買的，還不包括鈴鐺和鎖。這麼好看的車子，難免引人覬覦吧。她用來載貓食、狗食很合用，別人用來買菜、購物，也方便。如果遊民有一台，攜帶家當遊走台北，簡直是遊民豪宅了。她說有一台就在家門口被偷，有一台更離奇，被偷的只是放在籃子裡的鎖。賣鎖人說撬開鎖，裡邊的鐵絲可以賣三十元。「我買一個鎖要三百。」

看外型時髦的她利落地跨上那耀眼的三輪法拉利，撳一下鈴和我們「說」再見，然後靈巧地騎過馬路，我和 Bing 相視而笑，「眞是台北一景啊。」

——原載二〇一四年九月十日《中華日報》副刊

# 我的「抓漏」朋友

大約有二十年了，先是兩個三個偶爾相約吃飯，後來互有交集的朋友聯結成固定的「五人小組」，隔一陣子就聚一次。都是文藝人，每次吃飯喝咖啡，聊創作、閱讀以及文壇的見聞、八卦，幾個小時都講不完。

借著電子郵件，五人小組還可以在雲端中分享、稱讚或討論彼此的新作。過一段日子後，便「篩選」出廖玉蕙與我的回應最快、最熱烈。

我已退休，最閒。玉蕙跟其他三位一樣，尚在職場；但她天賦異稟，睡得少，卻永遠生猛有活力，寫作閱讀都「眼明手快」。

結果我們兩人變成了確確實實的「文友」，新作完成，就傳給對方分享，幫著「抓漏」。長久下來，如果不先給對方過目，竟不放心寄出去。

玉蕙的文章，理性的入情入理，感性的纏綿悱惻，要給她提意見，找瑕疵，非常困難。但爲了證明我有仔細閱讀她的新作，每次只好雞蛋裡挑骨頭。「做」與「作」細微的差別；「從……起」之間的句子稍長，教我讀到文末忘了前面說什麼；破折號我習慣多打一格，才不會太局促。還有，互相切磋台語文的寫法，啥米（什麼）正確的用法是「啥物」，「好家在」應是「好佳哉」，「按怎」（怎樣），日前我看到歌仔戲字幕寫的是「焉怎」，好像更貼切等等……

「還好」她用注音輸入法，難免有同音錯字，給我逮到，竟然很歡喜，覺得不負使命了。

她常玩笑說討厭逆耳忠言，最愛聽讚美的話；讀她的作品，或莞爾或爆笑，或眼眶含淚，心有戚戚，或感同身受，義憤塡膺，最容易做的恰好就是讚美。

但有一次我沒有表達羨慕、佩服，直言作品有點亂；她說那就放著。一個星期後，我想到它，找出來重讀，咦，很生動有趣啊，當初也許是我自己的心緒亂吧？聽到我爲它平反，她欣然說那就整理整理寄出去囉。

我也曾因爲她的回應而決定冷凍文章——雖然她說得輕淡，「聰明如我」自然聽得懂。

玉蕙在大學教授語文與創作，對文句、段落和文章結構的講求比較嚴謹，而我的創作筆法比較口語、簡略，有時意識流，又偶用倒裝句，她要在我的作品裡「抓漏」容易多了。

幾次被她點出後，還發現我偶有語焉不詳的毛病，對閱讀造成困擾。

我曾在一篇文章裡說退休後幾度和朋友去看二輪電影，「電影票一張才一百，可以連看三場——看兩場就雙腿發麻，值回票價了。」

她給我的回應是，「誰看得懂這段文字背後的心理，你說看到雙腿發麻，值回票價了；那看到雙腿殘障是不是更值回票價！」

我笑到不行，承認我的思考過於跳躍，又「自給自足」，以為人家該理解有了年紀的人在電影院裡無法連坐三場的「劣勢」；後來就把「雙腿發麻」刪除了。

過了不久，電話聊天，談到我們的「青春偶像」薇薇姊，我說我大姊與她一樣年紀，雖沒她美，看來也不老。玉蕙說有照片有眞相，於是我寄去一張大姊、我和兩個妹妹的電子檔合照。我的說明簡明扼要，「是在小妹娶媳婚宴上拍的，短頭髮的就是我那數月前才做過腦部手術的小妹。」

誰知第二天早上打開電腦，就讀到她很多驚嘆號的信：

氣死了！害我睡不著！

每個不都是短頭髮？除了你以外，我都不認識。

哪位是你八十歲的姊姊？

哪裡有人這樣介紹的！

告訴她頭髮貼著頭皮的，才是眞正的「短頭髮」；做腦部手術得剃掉頭髮，應該想得到啊。還有，大姊長小妹十四歲，不可能分辨不出來吧？

我消遣她，「一直認爲你冰雪聰明哩。或者是我太年輕了，三個人都可能是我的姊姊。」

她抗議，我信裡並沒有提另有一個妹妹，還以爲其中一個是來喝喜酒的客人。

寫到這兒，我調出照片來看，才倏然一驚！婚宴上四個人穿得光鮮，看起來眞的年紀不相上下。屬猴的大姊臉上常帶著猴子的調皮、促狹，怎麼看也不像長小妹整整十四歲。她的同學曾要她去百果山玩，「讓我的家人看看有人八十歲了猶闍遮爾（還這麼）少年！」大姊笑說眞好像讓人來百果山看猴子了！

而我竟然揶揄玉蕙的智慧！難怪她那麼不服氣。我應該說那個長得最嬌小的是大姊，這才叫「簡明扼要」。最好再說手拿紅包的是當日扮演媒人角色的四妹。

我自己明白我們的長幼排序，可是從我簡略的說明，她哪裡能明白我的「明白」呢？

我急忙跟她「自首」，並自我檢討，「與先生溝通不良時，他說我的話沒頭沒尾，又忽然轉換話題——照今日的說法是跳 tone，好像不盡然冤枉。這回你眞給了我很大的棒喝啊。」

她回信說：

我的貢獻可大了吧！周先生眞要好好感謝我囉！可你這個所謂的棒喝，我還眞是揮得不明不白；以爲揮棒落空，誰知忽然就變成全壘打！眞是喜從天降啊！

有必要歡喜成這樣嗎？是不是因爲起初我冥頑不靈，後來兩人間文字的討論意外進展成人際對應的思考，可以改善我的日常生活？

還有，我還她公道，保住了她的「冰雪聰明」。

我的創作還有個毛病。

作品剛完成時，心情亢奮，自我感覺良好，對自己的缺點有視盲；即使看出有多餘的橋段，也捨不得刪除。有一次想著既然有名作家幫著推敲，便故意留著「考考」她。不出所料，她說那兩段是很精采，但與主題有些不搭；不如留著以後有適當的題材再用，「我自己也常這樣做。」看，說得多委婉！

年輕時，曾爲我的作品做最後把關的人有兩位，一是新生副刊主編童常先生，一是文星書店出版人蕭孟能先生。前者，從我投稿，到後來做他的助編，一直是我的寫作導師。後者，因爲賞識我這個初出道「文青」的作品，決定要爲我出書，把我十多萬字的剪報讀完後，約我在衡陽路的「西瓜大王」見面，逐篇討論其中的缺失；哪一段要刪，哪一篇再改寫，哪一篇要狠心抽出。

我從兩位前輩獲益良多，一直心存感謝。

如今是「老文青」了，還有人細讀、琢磨我的作品，不只是幸運，還堪稱異數哩。

年輕時，前輩的指導我一概敬謹接受；現在，同輩朋友的指正不一定要全盤笑納；而最大的不同是兩人之間相濡以沫的溫暖和歡喜。

其實，不必抓漏，僅僅有知音認眞讀你的文章，就是很大的快樂和鼓勵。

玉蕙的創作力驚人，我讀她作品的機會比較多；有一回傳文章給我，說，「昨日聊天後放下電話，就寫了這篇。」我逗趣兼怨嘆，「我每日不知放下多少次電話，怎麼就沒能因

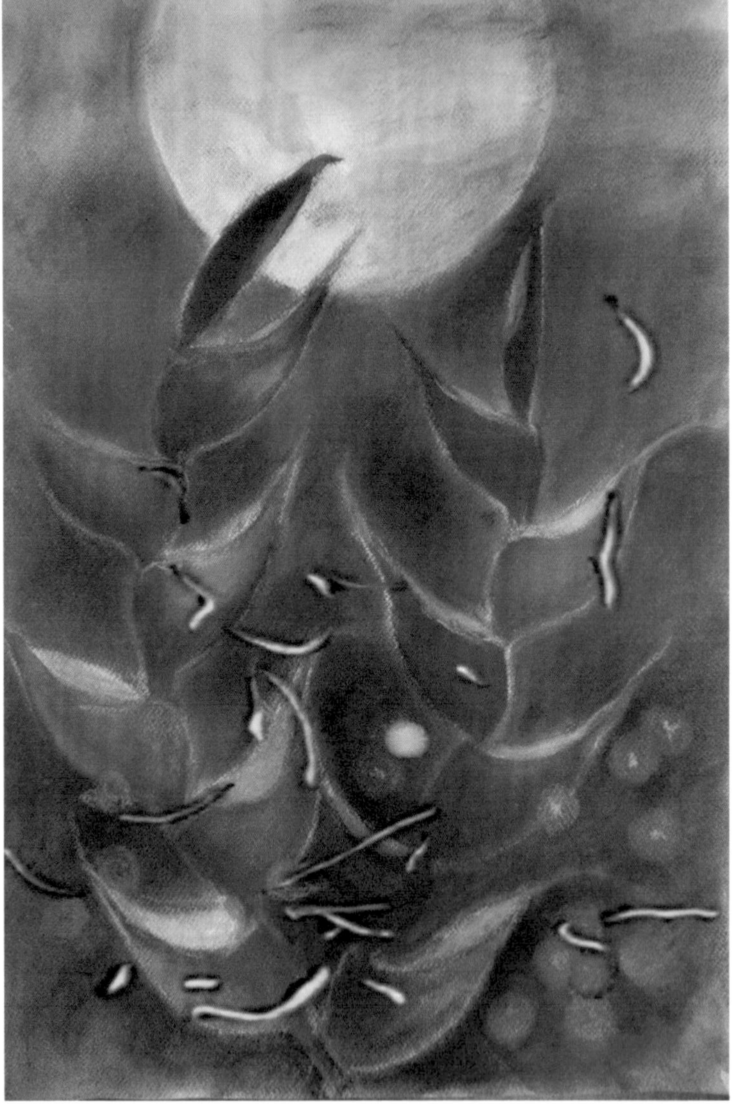

雙人舞（粉彩畫）

此寫出一篇！」

自從有了臉書後，朋友多了「觀看」對方生活的管道；但「五人小組」也只有她幾乎天天 po 文，而且篇篇精妙。有一次恰好碰到她與一個臉友的「攻防戰」現場，在你來我往中，對方的回應夾纏不清，出手緩慢；她卻邏輯清晰，才思敏捷，每次出招，說出來的道理洋洋灑灑好幾行。如此飛快的思考和打字速度，著實教我開了眼界，邊讀邊追著按了好幾個「讚」。

認識她這麼多年，欣賞她的聰明、熱情、風趣，更佩服她忙教學工作以及不斷的書寫、演講、評審外，居然還能把家與家人「打理」得甜蜜幸福。如此能耐雖不能至，心嚮往之。最近她退休了，自封爲「專業家庭主婦」，菜做得嚇嚇叫。聰明人做什麼都行啊。

有一句箴言說：評斷一個人，看他交往的是什麼樣的朋友。

我非常喜歡這箴言；因爲有友若此，人家對我的評斷諒也不會差。

——原載二〇一三年十二月十八日《自由時報》副刊

# 美麗的機緣

故事要從二〇一三年四月一個午後的電話開始。

我的作家朋友康芸薇以她一貫溫柔緩慢的聲調說，她接到封德屏的信，說《文訊》雜誌為了辦公室和「文藝資料中心」兩年半後所需場地的問題，正在舉辦「作家珍藏書畫募款及拍賣會」的活動，希望藉由作家的支援，可以籌措到足夠運用的資金。

喔，我倒沒收到這樣的信，想必封德屏清楚我沒有寶貝可捐，便對康芸薇說，「從大陸來的人家多有書畫收藏，她才會寄信給你。你外公一定也留下一些。」她的外公生前是立法委員。

「沒錯，外公帶了不少名家書畫來台，包括于右任的墨寶；可是都被我叔叔賣了。」她說那些書畫後來外公給了她的母親，也就是她叔叔的嫂嫂。

「你家還掛著不少臺靜農的書法啊。」

「那是女兒家，是她公公留下來的傳家寶，我怎麼能打它們的主意。」

然後她娓娓說，德屏那麼認眞，這麼多年來爲文壇做了不少事；現在爲辦公室的問題苦惱，文藝界理應幫助她。她自己沒有珍藏可以捐出共襄盛舉，就想到叫我捐出一幅畫，由她來買。「這樣，我們兩人都幫了好朋友，也算是文壇一樁佳話。」

春日午後我本來有點睏意，聽她這麼說，整個人清醒過來，駭笑著說她匪夷所思、異想天開、天方夜譚，怎麼會想到這種「餿主意」！本來嘛，幾年來，我雖斷斷續續地學過繪畫、書法；卻不曾專注一種，根本沒練出本領，哪有資格捐作品去參加義賣！

她溫和地說，「你聽我說。」

她說有一回在《聯副》看到我隨文刊出的畫作，一幅老太太和兩幅靜物，她印象很深，也很喜歡，「我不是說你畫得多好，但別人畫得再好，不是我朋友的，對我的意義不大。我們可以做這麼長久的朋友，是因爲我們以本性交往。我們不常見面，以後年紀越大，越不可能出門；如果我的房間裡有一幅你的畫，我坐在搖椅上看著它，見畫如見人，多麼溫暖！」

有豬油罈子的靜物（粉彩畫）

有酪梨的靜物（粉彩畫）

康芸薇和氣善良、不精明的大姊模樣，或許會讓人以爲她不擅言詞；其實她的口才和她的小說一樣好。每次和她聊天，我例行會嚷嚷，「寫下來，寫下來。說得這麼精采！」像這日，她先慢慢說《文訊》的狀況，再導入正題；不疾不徐，夾帶感情，很有說服力。我的心開始融化，「好吧，我列入考慮。」

「我們以本性交往」，的確，從年少時一起寫作，一起在《文星》出書，到如今都成了「國家認證」的老人，偶爾煲起電話，還可以講很久。

她說的兩幅靜物是我學粉彩時的作品，「老太太」是諾貝爾文學獎得主 Doris Lessing 的炭筆素描。雖然她說喜歡，總不能拿現成的去義賣；何況，又過了幾年，估量自己現在應該可以畫出比較好的作品才對。

於是，我以顏色豐富的酪梨和蘋果搭配我家古樸的豬油罈子，再以多年前朋友從雲南帶回來的蠟染棉布做底，開始作畫。

醬油色的豬油罈子是我小時候家中的用品，母親習慣把它擺在紅磚灶頭上，方便取豬油。二十多年前它成爲我的收藏後，曾用來插畫筆或花；料不到現在它還泌出油來！

好久沒畫粉彩，有些生疏；慢慢進入狀況後，舊時的情感也泌出來，開始高興康芸薇提供了我提筆的機緣。但另一方面卻有了壓力，左看右看，瑕疵處處，就很氣惱她無端擾亂了我的平靜。

畫畫本來很自由，畫得不如同學們，雖難免挫敗感，到底只是一個教室內的事；如今自己的作品居然要和很多名家墨寶以及有歷史的珍藏一起掛在展場接受鑑賞、批評，並且論價拍賣，怎能不心虛、焦慮！已知作家們慷慨捐出于右任、豐子愷、林語堂、朱銘、吳平、周澄、李錫奇、李奇茂、梁丹丰、楚戈等大家的書畫；作家也頗多第二才能，三毛的水墨就很受到注意。

畫好了，尚可。酪梨還很新鮮，我添了紫色和米色兩種洋蔥，以透明玻璃大碗和孔雀綠酒瓶構圖，希望可以畫一張比較好的。

兩幅完成，寄電子檔請幾位朋友參詳，有說孔雀綠酒瓶佳，有說豬油罈子好；康芸薇不用電腦，只說她較喜歡鮮明色彩的。那就孔雀綠酒瓶吧。

德屏派人來拿畫那個早晨，細雨霏霏，我以棉紙覆在畫上，以月曆紙捲成堅實的筒狀，再以塑膠袋套好，就恐被雨水打濕了。

我不曾嫁過女兒，那日的心情竟好像嫁女兒。其實，我的作品，除非參加學員成果展，都是隨意收在櫃子或抽屜裡，不曾愼重拿去框裱；可一旦要離開家送出去，竟非常不捨！遞出畫作時，還聯想到好萊塢電影《第六感生死戀》中扮靈媒的琥碧・戈柏被迫把四百萬美元的支票捐給馬路邊募款的修女時，強烈心痛，不甘，捨不得，與對方來回拉鋸數回、死也不肯放手的畫面。

不是四百萬，卻是我一筆一筆畫出來的；以後也畫不出同樣的。

我的作品的拍賣場次在下午，義賣當天我和康芸薇親臨盛會；早先登記了個人資料，現在有了號碼牌，才得到了標買藝品的資格。

電影中的藝術品拍賣，總見拍賣官如連珠炮般快速地報著節節升高的價格，潛在買家則冷靜地舉牌呼應。這回親臨現場，才長了知識。拍賣台左右兩方大螢幕上放映拍賣品面目、尺寸、創作者和底價。拍賣官從底價對折喊起，有人舉牌，就往上加一成，再喊；據說也看現場或電話喊標的情況隨機升高價碼。

這次，大家為了幫助《文訊》、幫助文藝，不惜把祕藏數十年的傳家寶捐出來；因此吸引了不少收藏家和投資客。他們有備而來，手拿《拍賣品圖錄》坐在前面的位置；圖錄中夾著不少籤條紙，顯見他們好好做了功課，選好了自己的標的物。

名家作品被高價追著賣出，我們陪著興奮；名家作品居然流標，我們跟著扼腕。有些作品本身未必好，但因爲是知名作家的墨寶，也能以很好的價格落槌。

輪到我的作品了，它的價碼超出康芸薇的預算；我跟同座的朋友們開玩笑，說除非我有隱藏的「仰慕者」，否則它就得等第二輪拍賣時降價，再由她得了。

料不到拍賣官喊了價後，遠遠的有人舉牌！我們大爲驚訝，朋友說待會兒我應該去問主辦單位，我的知音是誰。我一時也陶醉起來，有人偏愛我的散文、「愛屋及烏」？或者，有人慧眼，純是喜歡我的畫，甚至認爲我「指日可待」？拍賣之前，我已把全部展品巡視一遍，名家書畫固然很多，青澀的也不是沒有。畢竟大家的出發點在幫助文訊，心意更重要。而我的作品加了框後有模有樣，又掛在如今已成爲專業畫家「薇老大」樂茞軍的油畫正下方，增加了友誼的溫度，又壯了聲勢，教我對自己的作品長了不少信心哩。

拍賣結束後，我的「粉絲」自動現身；是長年耕耘劇場，教戲、導戲的汪其楣！我和康芸薇多年前第一次看她的戲，是她創辦的台北聾劇團演的。她說康芸薇不是說了要買嗎？沒看到她舉牌，她著急，就買了！朋友給了我這麼大的驚喜，眞是足感心啊。

先前我已跟康芸薇說過，萬一，萬一我的畫居然拍賣成功，另一幅就以她預定的價碼給她；這樣《文訊》可以拿到兩筆錢，我也算捐出了兩幅畫——嫁過一回女兒後，對第二回嫁女竟然就習慣了。

拍賣會出乎意料的成功，部分從樟木箱子現身的作品拍出「天價」，名作家的畫作和手稿也得到行家的熱愛，果然衆志成城！我們都爲數月之間忙得焦頭爛額又忐忑不安的德屏開心不已。

過一星期，我約兩位「買家」和主辦的德屏吃飯，順便把「豬油罈子」帶去；它配了好看的褐色木框，靠牆擺在餐桌上，眞的「嘛袂失禮」。康芸薇針對我們四人共同完成的這段「文壇佳話」說了一番情辭懇切的感言後，把裝了畫錢的紅包給了德屏，上面寫著：

她像一棵樹，栽在溪水旁。

按時結果子，葉子也不枯乾。

凡她做的盡都順利。

她說這是《聖經》裡的話。眞美！用來形容德屏、祝福德屏再恰當也沒有。

而我的感言是，本來認爲捐畫義賣是我這一年所做的最「驚悚」的事；現在，它卻變成一樁彩色的、美麗的機緣。多謝康芸薇「異想天開」，我才有幸在這個有意義的活動中參一腳，略盡棉薄。

康芸薇加一句：以後到她家看我的畫，要收門票。

——原載二〇一四年五月十一日《聯合報》副刊

# 輯三——移動的風景

# 生活有無限的可能

居然弄錯了時間，以爲今天中午手語班同學和老師聚會，所以沒有帶午餐。還「盛裝」，戴了一條多年前在尼泊爾買的項鍊。

自帶午餐省事多了，一個包子和一個蘋果就近在小公園解決，可以很快回「學校」，搶坐二樓圖書館角落裡那張寬敞的四人桌「寶座」，閱讀，休息。

如今，爲了下午一堂藝術鑑賞課，只得花時間走一小段路，去活動餐車前跟一幫上班族排隊等候，看鍋鏟嗆嗆嗆熱炒追加的菜；再以不佳的視力辨識長方盤中的菜色，好應付取菜婦人打仗那般「要什麼菜」、「還有呢」、「要辣蘿蔔嗎」的問話，小有壓力——就怕教人想著「年紀大的人反應到底慢」。

更別說走在剛鋪柏油的路上，八月裡中午的烈陽多麼烤人！

拿了便當到公園，大樹下那張我慣坐的長椅已被一個男人捷足先登，只好再繞一下，勉強找到一張仍有影影綽綽陽光的椅子。

邊吃邊爲自己的糊塗懊惱，怎麼會認爲今天是學期最後一天！就爲了弄錯時間，如骨牌效應，緊接的每一步都亂了。有朋友說每次自己因爲記性失誤做了糊塗事，都覺得好笑；我可沒那麼豁達，只覺得氣惱，情況較嚴重時更會有一點向「失智」靠攏的緊張。

離開時，看到地上好幾枚褐黃帶金的麵包樹落葉，又大器又好看，與我這日穿的麻質上衣色澤接近，便撿了四片。

正如所料，圖書館那張四人桌已無虛席；可休息的時間因爲買便當給縮短了，只能草草讀一本繪本書。後來進了課堂，同學們亮著眼睛說葉子好看，哪裡撿的？有人還拿來當扇子搧，說有風又優雅，好像孔明；一個同學熱心建議我先泡水再壓平。

一時之間，原先的氣惱好像得到了補償。在陽光下曬烤十分鐘的熱度也降了溫。

早上才做了朋友傳給我的一個精神年紀的鑑定測驗。根據那個問卷，我的實際年齡是二十七，幼稚度36％，成熟度46％，老化度19％。諂媚過度，年紀的說服力一點也無，我比較在意的是幼稚度那麼高。反正部分題目有模糊空間，像「不能想困難的事情」、「注重自己的服裝和髮型」之類。再試一次，年紀長了六歲，幼稚度降爲28％。

想想自己這個中年的阿Q心理，還眞的有點幼稚。

大樹（粉彩畫）

四點回到家，葉子邊緣已略略捲起，讓它們在水中泡一夜。次日擦乾後，為了找重量級的書來鎮壓，我從書架中抽出兩本《國家地理雜誌》攝影集，和一本《中國美術辭典》。這些大部頭書籍剛買來時閱讀過，然後就相忘於江湖了。

託落葉之福，今天是它們的幸運日；書既拿下來，自然順手翻閱。在一本攝影集中，我看到幾張可以參考、試著畫抽象畫的照片，一一夾上狹長的便利貼，希望有朝一日眞的用得上。

生活中很多細微的動作其實很美好，收藏葉子更有情意。我曾經在旅行印度時在佛陀說法的鹿野苑菩提樹下撿了幾枚葉子；到奈良旅行時，也曾把一些已乾癟的楓葉泡水、擦乾，夾在旅館裡供人閱讀的佛經裡。臨走前拿出來，雖然不復美麗平整，卻珍惜它們是讀了一夜佛經的楓葉。

現在我就陶醉在往昔的回憶，以及擦葉子、壓葉子這樣細微的動作和改日讓圖片入畫的動念之中，想著，「一時的糊塗可以延伸出這樣的後果，生活眞是有無限的可能啊。」

——原載二〇一三年六月十四日《中華日報》副刊

# 電視之必要

朋友的女兒說，No TV, No Life!

我還在電視長片中聽到，「沒電視機怎行？那我怎麼知道沙發要朝哪個方向擺！」

我的生活中，真的不能沒有電視。

還上班時，偶爾聽到兩位大姊聊天，說年輕男女的深情互動、惡人的嘴臉、夫妻間的爭吵；有時說得義憤填膺，有時說得感動欲泣。我常要多聽一下，才知道她們談的是連續劇的劇情，不是個人的經歷或見聞。

如此投入，與劇中人共喜怒哀樂，著實讓不看連續劇的我大開眼界。

我看電視，除了新聞外，偏愛長片。

各台新聞大同小異，很快看完；談話性節目不是過於煽情就是過於偏激，影響我的腎上腺素，所以多半看不久，寧可轉台去找長片。

幾個電影台也不見得有什麼好電影，犯罪的、警匪的、搞笑得太低俗的，都被我排除在外。耍心機、勾心鬥角的，據說可以體會多面人性，對行走江湖或創作小說都有幫助；但是看著看著，胸悶反胃，興致就差了。

結果愛看、可看的電影有限；它們又可能一再重播。

幸好記性不佳，舊片也可當新片看。還可以腦力激盪，回想這兒應該是、大概是這樣、那樣。

坐在電視機前的時間很隨興，從中間或後面看到合我脾胃的，就留意它重播的時間，甚至在報紙的電視節目版畫紅線，務求「補修」劇情。部分電影，即使已看得完整，也可能再看一兩次，把原先沒弄透徹的或特別喜歡的橋段複習一番。最討厭的是，家中那位不看劇情片的人好眼力，常會瞄一眼就提醒我，「這片子你看過了。」

十多年前，為了稍減沉迷於電視機前的罪惡感，我曾隨手寫下電影中精采的雋言妙語，算是附帶做功課。兒子說，「看電視有需要這麼用力嗎？」

可因為有過「寫下的動作」，現在雖然不知雜記本藏身何處，我還是想得起一個女藝人脫口秀的部分妙語：

我曾住在紐約中央公園附近，雖然看不見公園；但如專心聽，有時可以聽到求救的聲音。

我本來是素食主義者，直到有一天坐在客廳中，發現自己很自然地把身子傾向陽光照射的地方。

我以後會去拉皮，直到兩隻耳朵碰在一起。

決定去給鼻子整型，可我坐在候診室裡，看那些畢卡索的畫，想到至少我的鼻子長在正中，便打消了心意；我不要整容後變成一把吉他。

腦中還儲存著一些零星電影對白，適當時機它們會跳出來。比方：

我從小受保護，我的三輪車有七個輪子。

你以為做富人很容易嗎？你上街不小心也不過買個鬆餅，我一不小心卻可能買了一家養老院！

需要支持？去買調整型內衣。

我總是許願一些我不想要的東西，這樣才不會失望。

麻木不仁比較容易生存。

可見坐在電視機前，也不盡然全無實質效益；只是投資報酬率太低，與耗費的時間和眼力不成比例。

沒有好片可看，遙控器就按來按去，或回頭跳著看新聞，就是很少肯死心從沙發上拔起身。最上進的時刻是去看國家地理雜誌、探索和動物頻道幾個知性台。退休後手握遙控器的時間更長，更有理由懶散，閒閒無聊時，午晚餐後的消化時間，案頭工作或家務勞動過後的休息，都是我看電視的時刻。

甚至曾一頭栽入連續劇的熱潮。旅行紫禁城、秦陵回來，機緣巧合，碰上康熙、唐太宗、秦始皇的歷史劇。接著，出現日本大河劇《篤姬》和《江——戰國三公主》；它們先後成爲我每日的功課。我終於領教了連續劇的魅力，發現固定的時間、有固定節目可期待竟是很扎實的幸福。所以聽到朋友抱怨她的先生是「廳長」，長時坐在客廳看電視，我便說我就是我們家的廳長。

不看電視長片的時間，我偶爾會看影碟——仍然是對著螢幕。完完整整地看一部電影，沒有插播廣告，不跳開去看新聞或綜藝或其他亂七八糟的台，差堪比擬讀了一本書，就看得理直氣壯。尤其片子都是「精挑」過的；部分來自媳婦，部分來自圖書館。

發覺家附近的市立圖書館有影碟可借，我便借了一系列的卓別林，回味默片經典；再後來知道圖書館各分館互通有無，書或影碟可從不同的館調來，而且可以預約，我便借了所有市圖典藏的小津安二郎，認識了以前不曾接觸的日本經典電影。讀到影評或有人推薦哪部電影值得看，我就上網去找；找得到，就預約。有些熱門的片子必須慢慢等；收到通知，就去我指定的分館領取，非常方便。退休之後，我這個市民才享受到市圖這個公共資源如此棒的服務。

回想起來，我與電視絕緣的時間，總共有五次，父母公婆往生，以及最近的一次，三年前我們的狗過世；每次總有數週之久。在哀思中，沒有心情看電視，感覺享受聲光之娛也對逝者不敬。

兩個月前讀到張可久的《山中書事》，有一段說「山中何事，松花釀酒，春水煎茶」，心有所感；便逗趣寫了一張隸書，「日常何事，讀書，寫字，看電視」。儼然以「廳長」為榮呢。

誰知過不久，移動了電視機的位置後，發現機上盒很熱，極少看電視的先生不嫌麻煩，每日關掉電源。開啓電源只是舉手之勞，幾日後，我卻由不耐而興致索然，不看電視了！

光（粉彩畫）

原來人生的「轉捩點」不一定要是什麼偉大的因緣。

如今，閒閒無聊時，午晚餐後的消化時間，案頭工作或家務勞動過後的休息，我也常坐在沙發上；但是不開電視，我讀書、看雜誌。以前常在新雜誌送來了，才急忙趕進度，把過期的讀完；現在常不到月中，就可以處理它們，或送或歸架或回收。桌上的書也不必長時處於待讀狀態；忽然覺得自己成為有為青年哩。

這日繪畫班同學聚餐，有人說年紀大了一定要運動，為了爭取時間，也為了加強毅力，她都利用看電視的時間做簡易氣功。有人說磨墨寫出來的字，墨色比用現成墨汁的好得多，才有所謂的墨韻；在硯台上磨墨也是修身養性。「不過，為了寫對開宣紙二十八個字，得磨半天！我只有看電視時才有耐心去磨。」

然後，旁邊一個線條畫得特別好的同學教我，不管是繪直線、橫線、或圓或橢圓，不是手腕動，是手腕隨著身子動。說著她的身體向前退後，在速寫簿上畫出很直的線；身體旋轉，手好像轉石磨那樣跟著轉，畫出很大的圓。「這樣畫，以後你要畫多大的圖，都不會有困難。」接著她身體左右擺動，手在紙上「滑翔」，「這樣就可以畫出輕重的筆觸。」

我上過的素描課，都只教四個方向的直線，不曾聽過這種畫法，覺得很新奇。她柔和優美的動作有如修行，我喜歡，我也很感謝她耐心教我。

最後她體貼地說，「你看電視時就可以練習，手裡不一定要有筆，就練身體的靈活度。」

我不由失笑，電視之爲用大矣！可是我好不容易戒了電視，難道我要爲了運動、磨墨、畫圖這些冠冕堂皇的理由再去看電視嗎？

有毒癮的人總是戒不成，大概也因爲誘惑很多吧。

——原載二〇一四年七月十三日《聯合報》副刊

# 幸好每天那麼早醒來

以前，除了出門旅行，我的睡眠很正常；可以睡七、八個小時，醒來多在清晨六時左右。可不知怎麼一回事，六十歲是一個明顯的分水嶺，晚上睏意早早就來襲，而不管什麼時間上床，夜裡三點左右一定醒過來。心裡想著，原來生理時鐘也會遺傳。

母親在世時，總是念叨著「暗頭仔就愛睏，半暝精神（醒來）就睏袂去」，那時只當那是她個人的毛病；與她同眠時，半夜聽到她出聲，我不是裝睡，就是急忙「喝令」她睡覺。白天我喜歡聽她講古，半夜裡只想睡覺。

直到自己有一模一樣的情況，才懷疑這可能是年紀大的人普遍會有的現象。只是懷疑，還不肯認栽；我努力用不同的招數再續前眠，深呼吸，默念心經，盤腿靜坐、數息，做成語或英文單字接龍；一招不行，再做另一種。

最常做的是戴上耳機，聽收音機。

也許悠揚的古典音樂最催眠，我卻更喜歡聽人物訪問。從那重播的節目中，我「認識」了不少不同行業的人。舞者、歌手、養生專家、減肥達人、醫生、政客；辭掉科技職回鄉開發新產品的農人，平日種玉米、釀米酒、假日到城市烤山豬肉辦桌的原住民、擁有人類學學位的廚師、由漫畫創作者大變身組非洲鼓團的團長。還有，打書的作家，和宣傳電影或舞台劇的導演、製作人。能聽到有趣、有營養的談話，睡不著也就不那麼糟了。有些人物／行業太精采，白天坐在電腦前想起，就去 google 一下，滿足更多的好奇。

平時不看電視歌唱節目，廣播裡，倒聽了不少歌，知道一些藝人，也能分辨出音質特別的歌者。就因爲有這麼一點常識，聽到愛唱歌的朋友聊起新歌和藝人，我不至於全然狀況外。

聽廣播有時可以再度入眠，可是因爲處於蒙昧狀態，不曉得關機；半睡半醒間，常變身爲主持人或受訪者，在夢中對話、互動，醒來時，更加疲憊。

後來，我終於就範，不再做徒然的掙扎。比起那些「坐著就哈伊（打呵欠），倒下著睏袂去」、依賴安眠藥的人，能有五個小時品質很優的睡眠，該滿足了。

於是索性不待天光就起床，坐在書桌前，開燈。閱讀是不行的，看電視、打電腦更不行；最宜做的是不耗眼力的寫大字、畫圖。

芒果（色鉛筆）

毛筆是中國人最了不起的發明，可畫、可寫，筆觸可粗、可細；而且道具不必多，有墨、有紙即可。

我的晨間書寫更厲害，連墨都不必。我沾水寫在練習用的毛邊紙上。以墨書寫，才能精確知道下筆的狀況，也才能在過後用來推敲、斟酌，做改進的範本；可我圖方便，懶得洗筆，就這麼寫著玩。有位學佛的年輕詩人口角春風，說我這樣寫，更顯空靈，更有禪味呢！

雖然風過水無痕，但照著草書範本《書譜》臨摹下來，還是感覺得到自己轉筆的手比較靈巧了，上下字的「牽絲」也比較自然了；更別說認識了一些草得沒有章法的字。水寫的紙乾了可以再寫，重複寫到紙變軟、發皺，有了宣紙的質感，便拿來亂畫，畫石，畫花，畫樹——這時就不能不沾墨了。

數月前，報名學水墨花鳥。墨／顏料的濃淡、輕重和層次還無法掌握，但因爲是寫意，不是工筆，題材也不複雜，很快可以畫一張四開的宣紙。然後落款，用美術粘土貼在衣櫥門上來回端詳、自我「評鑑」，感覺好得很。說「落款」，而不說「簽名」，連成就感都帶著專業的滋味了。

那時辰，空氣寧靜而透明，餐桌上百香果、芒果的香氣行雲流水般遊走，壁虎「喹喹」

的鳴叫響亮又有節奏；而我專注在筆墨，心境安定而篤定。偶然轉頭望向窗外，看到天際隱約出現淡淡的霞光，不由想著自己在「才開始」的年紀，竟然做到「一日之計在於晨」了。

我的心情漸漸有了轉折，以前是：那麼早醒來，能做什麼？只好畫圖，寫字。現在不是那麼無奈了，變成：幸好每天那麼早醒來，可以畫圖，寫字。

——原載二〇一三年五月十五日《中華日報》副刊

# 走親戚·度小假

姊妹們終於「喬」好到屏東外甥女婆家旅遊的日子。

屏東縣萬巒鄉萬金村，我不曾去過；只知道萬巒鄉以豬腳聞名，萬金村有一座台灣最古老的天主教堂「萬金聖母聖殿」。

外甥女每年回婆家團聚，都住在二哥家，如今在隔壁建了一幢三層透天厝，房間很多，便力邀我們去度個小假。

我和丈夫搭高鐵到左營，四妹夫來接我們；難得一起出門，我們兩對再加大姊一車五人，便先到高雄拜訪我二媳婦阿慈的父母。

親家公邱爸爸是美術老師退休，客廳裡掛有他的作品，也有不少家族照片。這次去，我再細細讀畫、看照片。照片訴說的家族史和生活典故，他們津津樂道，我們也聽得興味盎然。他們兄弟善書畫，會幾種不同的樂器。阿慈也得到爸爸的音樂基因，鋼琴不錯，胡琴更好。

他說女兒寄了日本老歌歌本和ＣＤ給他，因爲他參加的一個小團體多是愛唱日本歌的「老」朋友；大家要他教唱。

說著，拿ＣＤ出來播放，歌曲的旋律好聽，他的歌聲宏亮，大家跟著哼。好奇他參加的是什麼團體？他說是模範父親協會。成員二十多人，每週聚會，聊天，唱歌，也做一點公益。

歷屆模範父親也能凝聚成一個團體，大概因爲有樂觀開朗的邱爸爸吧？

說話、唱歌都中氣十足，證明他已恢復健康。數年前，他罹癌，治療期間以「抗癌鬥士」自我期許，並以自己的畫作印製月曆贈送親友。我都把它掛在廚房牆上，那是月曆唯一有作用的地方。

夫妻倆熱情如高雄的陽光。我大兒子大學時代就與阿慈的哥哥相熟，兩人是跨校的學運夥伴；兒子曾不勝羨慕地說，「阿斌的父母開朗民主，和孩子像朋友，去他們家好自在。」比起來，我們較拘謹；退休後也習慣「宅」在家，不像他們活動多。

這回去拜訪，他們歡喜不迭，邀一桌朋友一起吃飯。席中幾位看著阿慈長大的朋友們笑談她的童年趣事，說現在邱爸爸就聽她的；罹癌後講究生機飲食，一滴酒都不沾。邱媽媽年輕時台灣的大山都爬過了，現在膝蓋卻不太好，女兒關心她的飲食，還管她打牌，怕久坐不利血液循環。……邱媽媽說得樂呵呵，我們也跟著笑，說有女兒眞好。

離開高雄往屏東的路上，一車人仍回味著剛才的談話。我的兩個媳婦都來自快樂的家庭，有活潑開朗的父母，這是她們的、也是我們的福氣。

外甥女的新居出自甥女婿專業的設計，寬敞漂亮；我們稱讚了它的採光和動線、空間完善的運用後，仍不免俗氣地說，「這麼大的房子如果是在台北，不知要值多少錢！」

然後，趁著陽光減弱的時刻，包括大姊的兒、媳、女兒、女婿們一行共十二人，散步到三級古蹟的天主堂。

涼風習習，村路走起來很舒服，小店有鄉村的純樸，尋常人家多不關門，可以偷窺裡邊的擺設；幾乎家家戶戶都種有蘭花，花朵鮮豔，笑臉迎人。一戶人家的植物直攀上二樓，二、三十個碧綠色空啤酒瓶串成的大型風鈴，從二樓陽台垂掛到一樓客廳前，錚錚鏦鏦，清脆悅耳。鄉下才有這麼大器的風鈴哪！

天主堂的蘭花開得更瘋狂，園中老榕樹都給打扮得像花蝴蝶。我們看一棵百年緬梔，參觀教堂，也去仰望聖母和百餘年前由福建名家精雕的「聖母轎」。它細緻美麗，每年「堂慶」會抬出來踩街。萬金村民天主教徒占多數，屆時一片燈火，全村歡騰。

三姊妹難得如此優閒從容地坐在榕樹下，不免互相「觀摩、欣賞」。大姊八十二歲，屬猴，看起來很年輕，我們戲謔她「猴腳猴手」，行動比小她五歲的大哥利落得多。

大姊少女時期就很愛美，每天晚上頭髮打辮子，第二天放下來就是浪漫的波浪。有時她用火箝子在炭爐上烤熱，以紙條試溫度，再夾髮，燙出波紋。

她說，「那是學爸爸的，爸爸嘛眞愛婧。」「你家已粧婧婧，攏是二姊帶弟妹。」大姊辯解，「媽媽嘛愛打扮我，在外面看到別人身上的婧衫，就做一件給我穿。」

那倒是眞的，第一個孩子，又生得可愛，從小被當洋娃娃打扮；長大後，她的美貌和一家有女百家求的「盛況」，多年後母親說起，仍難掩得色。

「二姊小時候曾說有時背上空空的、沒揹弟妹不習慣；媽媽說起來還很不捨呢。」我和四妹數十年後爲二姊不平嗎，接著加碼說，「我們有你火箝子燙頭髮的印象，可不記得你有做家事喔。」

大姊有些訕訕然，「我結婚得早嘛。」

這時接到「話鬚」的外甥女閒閒插話，「沒關係，事情有人做就好。」

我和四妹相視一笑，「以後不可以在人家女兒面前講人家媽媽的閒話。」

不過，我們也有大力誇獎大姊，她做了一件很棒的事。

三年前，聽說鄰人考慮賣房子，機靈的她即刻通知四妹，讓一直想在故鄉員林購屋的妹婿搶得先機，以不錯的價格買到那幢三層透天厝。以前大姊羨慕住相鄰巷子的四妹和我逛街、買菜、說體己話都有伴；而且妹婿愛買菜，我們常常可以分享。現在四妹夫妻非常享受那房子，常找機會回員林，大姊不必羨慕我了。四妹熱情勤快，妹婿好客，每次回去，住附近的親人就到她那兒相聚；所以她們一再一再說那房子買得眞值！「左鄰也想買，奇怪我哪會在厝主放出風聲前就曉得去談呢！」大姊說著，又眉開眼笑了。

晚飯的菜，除了現成的萬巒豬腳，都是甥女的二嫂在隔壁一道道做好端過來。蔬菜是自己菜園現摘，新鮮美味。我們說好吃，她就淡淡說，「田庄粗菜，莫啥物好啦。」她談吐文氣，白天做農事，上網，晚上到天主堂讀經做功課。二哥也純樸。夫妻倆的氣質和都市人的很不一樣，我一再稱讚，二嫂也淡淡說，「莫啦，田庄人。」

第二天吃過早餐，我獨自在小街上散步。看土地公廟，看市場邊四個人喝茶唱歌——好像小型的卡拉ＯＫ，也走進「三皇宮」，是從不曾見過的主祠神農氏的廟。

一路有很多人家種蘭花，一處園子的火龍果也茂盛鮮豔。南部的氣候實在是適合植物生長的天堂。

與二哥二嫂道別後，三車人去了兩個景點，「西方道堂」和大鵬灣，在林邊吃了一頓物美價廉的午餐後，大家分道揚鑣；大姊和她的兒媳回員林，我和四妹兩對到東港魚市場買魚酥，再到海洋生物博物館參觀。

海生館光是珊瑚區就看得我讚歎不絕！顏色鮮豔的熱帶魚在珊瑚礁間飛快穿梭、跳舞；走在人造海洋中的壓克力隧道裡，魟魚拍著「大翅膀」在你頭上游過去；在「大洋池」，鯊魚、鰹魚及海鱺、石斑等數十種大型魚類都近在眼前；在「沉船」區，破敗的甲板、船艙之間，獅子魚一條一條「鬃鰭」眞眞花枝招展；黝黑水域中的水母群好像天燈，渾身長刺的海膽閃著兩隻賊賊的小眼睛，都極可愛。

當晚我們住在四重溪一家溫泉旅館，次晨先到牡丹水庫，再到車城福安宮——全國最大、高達五層的土地公廟時，正好有活動，不免追隨著數名男女老少童乩，看他們走台步。

行程尾聲，妹婿載我們到烏日搭高鐵返台北，他們再回員林待兩天。

三天兩夜的小旅行，領略小地方的風土人情，挺有感覺；而一雙腳走了不少路，包括在牡丹水庫爬了兩百三十個階梯，也算是體力通過一場小考了。

——原載二〇一四年六月十四日《中華日報》副刊

# 移動的風景

## 捷運上的默劇

捷運車廂尚有一個空位，距座位更近、原想坐下的一位青壯男子看到我，做了一個請的姿勢，我於是回應一個謝謝的笑，過去坐。

坐對面的少女看著我笑，笑得很有趣、很甜蜜。剛才我和那男子的「行爲藝術」有那麼好笑嗎？

她的笑有感染力，我也對著她笑。她很美，小小的臉，馬尾巴；教我想到奧黛麗・赫本。只不明白她那種收不回來的笑是怎麼一回事？說不定是因爲剛才從手機上讀到什麼好笑的訊息？

我自己也回味著出門前在朋友臉書上讀到的短文：

朋友從捷運上旁座男人的抖腳，憶起年少時在圖書館裡見到的男學生，他抖腳兼不時抓癢，忍不住跟他說：「你身上有蟲子嗎？」有一天他感冒，兩個症狀外，又加上擤鼻涕；眼看紙用完了，她丟一包面紙過去！

想起這往事，她掏出筆記本，寫下：「捷運上坐我旁邊的男人一直在抖腳，」料不到那男人霍然起身，下車了！她疑心是不是被他看到自己寫的字、受到傷害了？文末哀嘆自己已經婆婆媽媽，「完全失去那珍貴的、少女的殘忍啊！」

當時邊讀邊笑，也爲延伸出來的趣味留言失笑。

有人太老實，認眞推敲她的行爲；有人說應該是「容忍」不是「殘忍」。所以我留言，「從本文一直笑到留言。」

坐在捷運上我想著，留言應該再加一句「只差沒有流鼻涕！」

對面女孩是不是也笑她自己才知的事？她又對著我笑了。

過兩站，多出兩個空位，我猶豫著是不是告訴那讓我優先坐下的男子。年輕人不會在乎坐不坐吧？坐下還得卸下大背包，不麻煩嗎？他背對著我，我不能只以手勢和眼神示意。想了有一會兒，我才終於「出手」拍他的背包，他回過頭，我指指空位，他笑著搖搖手。

對面愛笑的女孩又笑了。

我們三個人好像在演默劇，最重要的表情是笑。

現在我確定她純是對著我笑。

多虧文湖線那種被大而無當的座椅擠小的走道空間，我傾身跟她說，「你很愛笑耶，你的笑有什麼特別的原因嗎？」「沒有啦。」「你很可愛，你的笑很甜蜜。」「謝謝你。」現在她露出整齊的牙齒大方地笑，更像赫本了。

她要下車了，簡直依依不捨地跟我道別；站起身說「掰掰」，走兩步再轉頭說「掰掰」。我也笑著，跟她說再見。

多美好的早晨啊，我旁邊有男有女，她卻一直獨獨對我笑；我一定有什麼她喜歡的特質吧？

如果我是年輕男子，非跟她要電話不可。

## 公車上的低頭族

公車駕駛很周到，一一對上車的人說，「找個位子坐好。」

對一個年輕男孩也這麼細心叮嚀。後來我才看到他拿著一枝盲人手杖。

他坐我正對面，眉清目秀，不失俊美，而且不像眼盲。我對他微笑，沒回應；他眼望前方，兩隻手熟練地把手杖折成三節；好像在玩三節棍呢。看得出中空的手杖中有線連結。

他從容地把三節棍放在大腿邊，接著抬起手看錶。眼睛與錶的距離大概只有兩公分，顯然他的視力很微弱。

然後，他從口袋拿出手機，在眼前五公分處開始「滑」它；它的語音小聲說著系統整理、重新整理、刪除等等。

日前，我才因檢查出一隻眼睛黃斑部退化嚴重，擔心身上最重要的器官失能，而情緒不佳；他這樣才更麻煩！多虧現代科技，盲人的生活也能從3C產品得到協助，一樣可以當低頭族。

上星期也在公車上遇到一個特別的低頭族。是一個穿著極老派的老太太；老派到額頭上有一圈黑色繡花布飾，還插一朵以前過年或婚嫁時才會出現在女眷們髮際上的紅色春仔花！

最奇的是她低頭在滑一台約4×6吋的平板電腦！

曾在You Tube看到一個取笑老人的短片。女兒送了一個ipad給老爸，回到家卻驚嚇地發現老人家在上面切水果、拿到水龍頭底下沖洗，最後放入烘碗機！

車上這個老太太沒有把平板電腦當砧板，她的手指忽左忽右，忽上忽下，利落地滑動著，她在看照片。她的位子靠窗，陽光從左側照進來，臉部輪廓分明。那特殊的打扮，那完美的明暗，那專注沉迷的姿勢，真恨不得有一台智慧型手機偷拍下來！

我比她年輕得多，卻連智慧型手機都沒有。

而且，在行駛的公車上，我光看紙本照片都會頭暈！

## 綠繡眼和黑冠麻鷺

早晨去公園運動，看到一個男子拎著五個鳥籠，一一掛在樹枝上。是綠繡眼，也就是我們小時候說的「青笛仔」；小巧可愛，綠背黃白腹，常在花鳥水墨畫中出現。

早些年看過有人蹓畫眉鳥，讓牠們到公園裡吊嗓子、與別鳥飆歌；可沒想過有人養綠繡眼，還帶到公園來蹓躂。

男子說讓牠們出來透透氣、見見世面，「和外面的鳥交流一下。」公園裡的鳥，主要是樹上的麻雀和地上的鴿子、斑鳩，能和牠們做什麼交流呢？

他說養綠繡眼很簡單，吃水果，喝水；牠們很愛乾淨，每週洗兩次澡。籠子連著「澡堂」，籠門打開，就會自動過去，在水盤中玩耍，拍翅膀。洗好了再自動回到籠裡。

看他說得如此愉悅，無疑這是怡情養性的嗜好。

請教他「籠中鳥」能繁殖嗎？他說不行，要飼養，只能自己到野外捕捉或購買。每隻籠子只能養一隻，而且是公鳥。母鳥也會唱歌；但如果雌雄在一起，就不唱歌了。（因爲不必求偶吧。）

綠繡眼也有競技，他曾帶牠們到屏東比賽。大棚下上千隻鳥一起鳴唱；所以裁判除了要細聽聲音來源，也得藉觀察鳥喙的開合和鳥喉嚨的振動，來判斷聲音的優劣。「鳥站在籠中枝上，而不是站在籠底，分數會比較高。」爲什麼？「那表示牠的穩定性較高。」

看我聽得有興趣，他說豢養的綠繡眼可以活到十八歲，野外的因爲天氣的變化、蛇蟲或鳥獸的突襲，尤其颱風的摧殘，一般只有三、四年壽命。

眞是長了見識了，向他道謝後，繞公園外圍走回家時，我看到一個老人勾著頭饒富興味地盯著草地。那模樣眞像《淘氣阿丹》電影裡演隔壁老頭威爾森先生的華特・馬殊，忍不住停下腳步。呵，原來他看的是一隻個頭不小的黑冠麻鷺！

這是我第二次在公園看到牠們的蹤跡。第一次見到時，一名女子告訴我牠的名字，說牠本該棲息在濕地、草原；現在卻跑到都市社區來了。「先前出現過兩隻，現在這隻比較小，大概是牠們的孩子。」聽她說話的時刻，忽然看到那大鳥以迅雷不及掩耳的速度，從泥土中拉出一條吸管粗的蚯蚓；雙方經過一陣拉鋸戰後，五、六寸長的蚯蚓被吞嚥下去了！

今天這隻黑冠麻鷺的覓食好像沒那麼順利，牠邊走邊搜尋，不在意我往前靠近；我蹲下來盯著牠的眼睛看，一時有了錯覺，以爲可以和牠說鳥語了。可牠看也不看我，跨大步走開。覓食要緊啊。

倒是我多事地想著，如果牠看到籠中的綠繡眼衣食不缺、沒有風雨，不知會不會羨慕？而那些可以享天年的綠繡眼是不是寧可在野外自由飛翔，自由唱歌，即使生命只有三四年？也許那麼小的腦袋還不會思考這種「鳥生」大道理；縱使剛被人類豢養時有過掙扎，安穩日子過慣後，也會失去自由的思想，以爲「鳥」本來就該被囚吧？

# 遊民

四點多從外面回家，看到一個遊民瑟縮在附近一棟公寓門前雨棚下。氣溫八度！這樣冷的天，怎麼不會去找個能避風寒的地方！

回家放下包包，急忙打開臥室吊櫥，記得上面有一件兒子不穿了的鋪棉灰綠夾克。可惜不見了，一定早就被我投入市場前的舊衣回收箱了。一件刷毛的夾克，也很暖和；可是大紅色，遊民穿不合適吧？有了年紀的人更不願穿得這麼招搖。

還好，尚有兩件套頭毛衣，我選了一件灰綠羊毛的拿去給他。他抬起頭，布帽底下的臉有稀疏的白鬍鬚，六、七十應該有吧？如此近距離地面對一張風霜的臉，我一時有些失措，竟然問他家在哪裡？他指指右方。爲什麼不回去，家裡沒有人嗎？他點點頭。我心裡更期望他是因爲忘記帶鑰匙、在這兒坐等家人回來不成？可他身上明明散發出遊民的氣味啊。

我叫他把薄薄的外衣脫掉，先套上毛衣，再穿它。他聽話地解鈕子，兩隻手卻不聽使喚地抖個不停。我急忙離開，心裡想著過一會兒再來看看；如果他仍坐在風中，就打電話給鄰近的派出所。就算得不到協助，讓他在派出所一個小角落「窩」一晚或許可以吧？近日已有三十多人在寒流中猝死，還多是住在上有屋瓦、四面有牆的家中呢！

數日前和妹妹去龍山寺，大白天，寺前公園很多遊民。據說寺方有供餐的傳統，萬華也有慈善機構設站，提供便當、洗澡和簡單醫療；所以那兒是台北遊民最大的聚集處。以前讀過一個募集基金的廣告，說，「人不理財，財不理人！不懂得理財，就去龍山寺訂個好位子吧！」語不驚人死不休，教我印象深刻。不知這些人是不懂得理財，還是根本無財可理？是找不到工作，缺乏謀生能力，還是年輕時奢侈浪費不知「存後」？妹妹指指杜子旁邊很多鼓漲的大紅尼龍袋，說那是市府發給遊民的。有些袋子外面貼著號碼，有的還寫著名字。

在朗朗天光下，這兒的遊民看著似乎還好，有同伴聊天答喙鼓，甚至下棋；但到了夜裡，情況一定會悽涼得多。曾有一位市議員提議對附近的遊民噴水驅趕，可見其「盛況」。

我住的社區不常見遊民，不過據一起運動的同伴說是我出門得晚；她們去公園的時刻，常有遊民睡在花棚下的長椅上。這麼冷的天氣，這麼開闊的空間和冰涼的大石板椅，是無奈的選擇吧？

有一回我倒是見到了。長石椅上一團藏青色，原以爲是同伴們的衣物，走近了才嚇一跳。那人該是新遊民，身上蓋著厚夾克，旁邊還有一個七、八成新的旅行箱和兩個手提袋。

他大約是睡過頭，沒有在運動人到來前起身；只好在氣功十八式的音樂聲中蒙頭再繼續（裝）睡。我隨著大家做「大鵬展翅」，卻無法專心；臆想這個人是在不景氣中被迫離開工作吧？如果找不到新工作，沒有固定居所，慢慢他會習慣衣物的髒破，人也隨便由它邋遢吧。日久天長之後，家當也會越積越多。看過遊民把雜物裝滿破舊的車（板車、菜籃車），桿上也東掛一袋，西掛一籃。我甚至看過一個遊民把他的信仰圖騰掛在「居處」旁邊的欄杆上。

不過，據報導，有人雖無家可歸，但會找地方沐浴，努力讓自己維持乾淨的外表；有限的衣物寄存公共場所的寄物櫃，白天穿戴整齊出去找零工做。這樣的人應該較容易脫離遊民的身分。

曾看過一部電影《心靈獨奏》，主角是個天才音樂家，但患有精神分裂症，白天當街頭藝人，賺取微薄的賞賜，並撿拾破爛維生。報紙記者在街頭發現他以一把只有兩根弦的小提琴演奏，便跟隨著他，慢慢卸下他的心防，和他聊天，做朋友，報導他的生活，而引起廣大的迴響。在記者的努力下，他願意住進提供流浪漢住宿的居所，甚至有機會進國家劇院表演……

是根據眞實故事改編的電影，看得我非常感動。

遊民都有自己的故事，或平凡或精采；可一旦成爲遊民，除了找果腹的食物和躺下來睡覺的地方，什麼都不重要了。

想到遊民不只台灣有，「稍感安慰」。有一回，和S兩人在舊金山漁人碼頭吃螃蟹，一個非裔年輕人一直盯著我們，教我們心裡發毛。後來要拿食餘去丟棄，他「搶」過去，以爲他要賺丟垃圾的小費；誰知他竟有滋有味地啃食起來。早知道我們會留下一點。

日本大阪遊民的夜宿「傳統」教我印象深刻。晚上玩累了從外面回旅館的路上，就看到他們三三兩兩在騎樓下以紙箱厚板「鋪床」，再好整以暇地就著微弱的街燈讀書報，好有紀律的樣子。

在別人的國家看遊民，尚有「了解異國社會現象」的心情；在自己的國家，雖只是偶見，感觸卻很深。好吃懶做的應該是少數，台灣經濟不好、失業率高，才會有越來越多的艱苦人「投入」遊民的行列啊。

——原載二〇一四年四月十三日《聯合報》繽紛版

# 今日，妹妹是關鍵字

## 我在觀察你們

朋友說長春市場的魚最多樣最新鮮，星期日我特地搭公車去。才坐好，旁邊的女子看著我的菜籃車，說，「怎麼不教媳婦去買？」這年頭自然熟很常見，但我臉上寫了我有媳婦不成？我笑笑說我喜歡自己上市場。她問，「是你煮還是媳婦煮？」

「我煮給她們吃，每星期一次。」

「爲什麼不是兒媳請你們到外面吃？」

「我喜歡在家裡聚餐。在家裡吃不用傷腦筋找餐廳，可以吃得清簡，還可以自由自在聊天。」（我幹嘛跟她解釋，怕她認爲這個「苦命婆婆」儉腸凹肚捨不得孩子花錢嗎？）

「在家裡吃也可以讓媳婦回來煮啊；菜也可教她買。」

她說現代媳婦忙，我們以前不也上班？也要做家事、服侍公婆、照顧小孩。如今年紀大了，何必還為下一代忙。

「我的廚房我較習慣。」

她說她有同事嫌媳婦洗的碗不乾淨，寧可自己洗；我說我家週日晚上的碗都是兩個媳婦洗的，有時兒子洗。

這個回答她應該比較滿意，接著說她六十歲，還沒有媳婦。「我在觀察你們，看你們怎樣做婆婆。」

「你們」指比她早做婆婆的親朋好友，連我這個陌生人也在她觀察之列。又指斜前方一位七、八十歲的女人，「她就不用說了。」我琢磨她的意思是，這個年紀的婆婆觀念傳統，沒有新思維，不在她觀察之列。（甚至是：沒有救了？）

「不是媳婦做菜，反而是婆婆做給她們吃，難道你不抱怨嗎？」她再提問。

我說做給兒子吃和做給媳婦吃一樣，孩子們肯每週回來一次吃我燒的菜，是很開心的事啊。

我的答覆似乎都與她題庫裡的答案有落差，心有不甘，她再問，「你買一車菜下來，肩背難道不會痠痛嗎？」

「不會，我的體力還好。」

「看得出來。」不曉得是不是我敏感，她的口氣竟有一絲悻悻然。

她說她是鋼琴老師，別說拉一菜籃車的菜，連鋼琴彈久一點都會手麻、背痛。

我肅然起敬，彈琴的手是比我這種敲電腦鍵盤人的需要保護。不過，她說從小學音樂教師退休後，也沒教琴了。

接著再兩三回合有問有答後，我要下車了，她做了一個總結，「歡喜做，甘願受，不抱怨就好。如果心情不好，做出來的菜都不健康。」

我說對啊對啊，不覺莞爾。我一個在小學執教的朋友也習慣對我們這些「小朋友」問問題（啓發思考？），並且「循循善誘」。

## 她上個月訂婚

公車上，鄰座女子問我要不要看她手上一份路人發派的小報？我說不要，車上閱讀會頭暈。

她說她在某夜市賣衣服，衣服又好又便宜，歡迎我去。接著說她上個月才訂婚，對方是警察；她因爲受到家暴去報案時認識的。

「我是養女。那警察很善良。」

喔，人在幸福的情緒中特別愛與人分享。我衷心道喜，說這樣的緣分很特別。她說先生一線四星，警專畢業的。我對警界官階不懂；但一方面好奇，一方面願意領受她忍不住的歡喜，便接她的話聊。於是知道了她三十七歲，先生小她三歲；但先生成熟穩重，看不出比她小……

到了餐廳與朋友相對吃飯時，我轉述與年輕女子的對話，說現在的人很容易和陌生人聊天。

「像剛才，不到半小時車程，就知道了一個陌生女子的人生簡要。」我接著說，「她告訴我年底結婚，市長郝龍斌會去。」

朋友們同時笑出來，「腦筋有問題的啦。」

怎麼？市長參加就有問題？我還沒有轉述那女子接下來的話呢。她說，「馬英九大概不能來。」

就是這句話讓我開始用疼惜與諒解的眼光看她；只是潛意識裡，我仍不想認定那女子的精神狀態有問題，跟朋友說也許那警官曾有什麼特殊貢獻，市長去祝福很正常。

「她看起來神清氣爽。我稱讚她長得清秀，她說人家說她長得像林志玲，問我像不像。」

朋友更肯定了，說顯然與警察訂婚是幻想的啦，說不定在夜市賣衣服也是虛擬的。「心靈受傷的人特別會有逃避現實的心理。」

我說，「你們這些寫小說的，眞會想！」

她們說，「那你說她像不像林志玲？一定也是她自己的幻想。」

我說眞的有幾分像，只是皮膚稍黑。

我不敢肯定小說家朋友的「想像」，和那女子的「幻想」，哪樣多些。

## 今日，妹妹是關鍵字

公車上一個女人問，到新光百貨還有幾站？離她最近的男人告訴她還有三站，她於是在他身旁空位坐下。那人問她哪裡來的？河南。喔，阿姆斯特丹嗎？我有個妹妹也在荷蘭很多年，最近才搬回台灣。爲什麼搬回來？台灣的健保好啊。

原以爲是雞同鴨講，再聽下去，她眞的來自阿姆斯特丹。男人去過老妹家，住了十幾天，但忘了那叫什麼城市；於是撥手機，問妹妹以前住在什麼城市，並告訴她自己正和一名來自荷蘭的女子同車。然後，然後，竟把手機交到那女人手中！

那女人有一下子的錯愕，還是接過來談幾句。

八竿子打不到的陌生人這樣聊做什麼！可那男人眞的很健談，所以坐在斜對面的我知道了他和妹妹是幾年次的，小他三歲的妹妹當初鞋子做得很成功，全家移民去荷蘭打天下；如今在汐止何處買的房子。他還問了車上女子的年紀。

「我七十三，大你六歲。」

女子是和她妹妹相約吃飯，在新光碰頭；於是告訴她台北什麼地方的菜好吃。

女子下車後，一名提一盒草莓的中老年人遞補上那個位子。經過那健談男連環問，我知道了他的貴姓、年紀，是去看妹妹（我在心中竊笑，今日，妹妹是關鍵字）；草莓來自他的家鄉苗栗。

「哦，我是苗栗女婿，我太太是如假包換的苗栗人。」

據說每六個人中一定可以找到與你關係有交集的人，這健談的男人於是接著說他太太住苗栗的什麼地方，岳父種田，岳母照顧果園，有幾個內外孫等等。

不去看公車座椅，我幾乎以爲自己坐在誰家的客廳裡呢。

有一年在布拉格機場等飛機，看到一個白人和櫃檯女性職員相談甚歡，好像老朋友。我對同行的朋友說外國人比較見面熟，陌生人也可以聊那麼長。朋友在海外待了幾年，說依他的觀察，白人比較有這情況。

近年來，台灣人比較隨和自信，年紀大的人尤其有大嬸大叔情結，與陌生人說幾句話很尋常；但多止於現場狀況，不會觸及對方的身家背景，更沒看過隔空和陌生人的妹妹聊的。

我對妹妹敘述這一段公車趣味，說到「今日，妹妹是關鍵字」時，她笑說你也有妹妹，爲什麼不插進去聊？我說，「對喔，我應該說我妹妹去過荷蘭，她不是苗栗人。」

——原載二〇一三年九月十日《自由時報》副刊

# 市場 Live 秀

那「魚販三人組」固定每週出現一次。

年長的站前面，吆喝、裝袋、收錢；兩個年輕的做後勤，負責殺魚、補貨。

前面擺著約二十個裝不同魚貨的塑膠籃，每籃一百五十、兩百元，多數為一百元；數量和價錢清楚明白，所以生意很好。

更重要的是，比一般攤子便宜。秋刀魚十條，虱目魚肚兩片，馬頭魚三尾，鯖魚大的兩尾、小的七尾，都一百元。

有人問他那一籃小的也是鯖魚嗎？他指指大的說這是阿公，再指小的說這是孫子，「不要懷疑，都是鯖魚。」

人多，殺魚要排隊，有人問佇遮（在這兒）等嗎？他故意拿起一籃魚卵，說蛋（等）佇遮。

一個年輕女子要求殺秋刀魚，他說，「秋刀魚不必剖啦，餐廳都嘛整尾烘；它的內臟好啊，你沒聽人家說呷腹肚顧腹肚，呷胃顧胃嗎！」

動作利落，回應明快、逗趣，原住民口音的台語、國語都抑揚頓挫，很有韻律感。偶爾到這個市場，我都饒有興味地觀看這個鮮活的場景。

但我還是心存疑慮，爲什麼他可以賣得比別人便宜？是他直接向漁人批貨，還是魚有問題？媒體上不時的負面報導，教買菜的人不能不緊張啊。

因爲吃得清淡，或者說幸好家人一向有好胃口，不挑嘴；我的烹飪能耐並沒有與時俱進，煮來煮去多是比較不費功夫的菜，在烹飪上沒有成就感；但是上傳統市場，我還有興致，它的意義除買菜外，還是看一場生活展覽；如果步行去較遠的市場，更是運動。

台灣的菜市仔可看的多了。我喜歡畫粉彩靜物，光看到菜攤上紅紅綠綠的蔬果，便想著它們就是畫！看到顏色普通、堆疊得像小山一樣的蒜頭或洋蔥，也覺得很美。食物之外，衣服、皮包、床單、窗帘、化妝品、髮飾、尼泊爾鐲子、手錶、保溫杯、觀賞魚，應有盡有；偶爾也會看到賣金飾、水晶、瑪瑙的攤子。有一次我還買了毛筆。

還可以聽小生意人的脫口秀；有些叫賣口白非常精采，簡直可以去當電視購物台的主持人了。上星期我就看過「兩場」，賣壓麵機和打豆漿機的。我其實並無購買的意願，卻站著把一套操作過程從頭到尾看／聽完。也看旁邊一名中年人安靜地坐在小板凳上，前面擺了一地的醃菜，客家福菜、醃筍、蘿蔔乾、花菜乾、霉乾菜，看起來都是按古法、經過陽光曝曬製作出來的。有婦人問他都什麼時候來，他說不一定，「我嘛期待再相會；不過從竹山來一趟，路頭有較遠，無法度時常來。」聽到一個憨憨的老實人文縐縐如唱歌的「期待再相會」，我忍不住笑出來。有個大嬸也很有趣，一面大聲吆喝，好吃的地瓜葉喔，有機的地瓜葉喔，健康的地瓜葉喔，一手一把的地瓜葉同時左右搖動；喊得興起，順便搖晃身體。動作與吆喝很協調，心裡想，難不成她年輕時當過啦啦隊員！

如果是晨運後到早市，看著小生意人撐遮雨棚、搭架、給水果裝盤，掛好髮飾、耳環，感受到庶民小日子的認眞和辛苦，就想到市場也不失爲現代的「清明上河圖」畫軸，想著人與人之間應該多一些情感的交融與體恤。

我不只是對台灣的傳統市場有興趣，出國旅行時，如果機緣巧合，可以逛一下市場，也不會放棄。在如今叫首爾的漢城，在東京，在義大利的拿波里，在荷蘭的阿姆斯特丹，都歡喜逛過。雖然未必實際買了東西，它們留給我的記憶，竟強過風景區。有人說過，「市場存在著當地居民最沒隱藏的一面，也最能看到沒有刻意隱藏的眞實生活。」眞實的生活最有趣、最打動人啊。

多年來對於衣物的欲望已很低，除非恰巧路過，我不會走進裝潢新潮、價錢昂貴的服飾店；反倒是菜市場裡的小店或小攤，產品家常，價錢親民，會不小心購買。尤其是帽子、絲巾這類附件。

表演絲巾或披肩繫法的攤子很好看，販者多是四十歲以下的女子，披肩在她手中千變萬化，可以變成背心、短罩衫，或者就是披風；可以有邊疆民族風，也可以是巴黎貴婦風。當她抓起披肩兩個角，解說像這樣、這樣時，手勢利落而優雅，還眞像飛機上示範救生衣穿法的空姐。她們都很聰明，身穿黑色衣服，繫上任何顏色和花樣的披肩／絲巾，都很搭，也很出色；她們的話深得我心，「一件很平常的衣服配上這一條絲巾，馬上變了樣，去吃喜酒也不失禮。」所以雖然五斗櫃兩個長抽屜的絲巾、披肩已爆滿，我還是不小心會再買一兩條。

傘、襪子、毛巾之類日常用品，我更愛在市場裡買；同樣的產品，即使在大賣場，也會貴一些。這些在市場出沒的產品多是台灣製，品質較有保證；給自己人賺，買起來也比較歡喜。

中國貨充斥後，「台灣製」變得很受歡迎；有些攤子乾脆掛上大大的布招：就「台灣製造」四個字。有一次我拿起一件上衣，習慣性地翻面想看它的材質和產地，賣衣的婦人忽然發起飆，「免看，是中國貨啦！這市場內賣的攏是中國貨啦！」想必她的中國貨常受到顧客的挑剔、嫌棄，才會如此憤怒。

多年前讀過一本書《沒有中國製造的一年》，美國一位記者憂心中國產品無遠弗屆的影響力，以一年時間嘗試過沒有中國貨的生活；結果處處碰壁，從日用品、輪胎到玩具，看得到的都來自中國，要找替代品就得多花時間，多花金錢。台灣也早就有了同樣的情形；從百貨公司到地攤，可以看到「台灣製」竟是意外的驚喜了！

傳統菜市場的庶民性，最實際地透露著未經粉飾的物價指數、人民的消費取向；政治人物如果平日到市場走走，不光是在選舉期間才來握手、哈腰，就不會盡講些「何不食肉糜」之類的話，讓憤怒的老百姓拿來作文章了。

——原載二〇一四年五月十三日《中華日報》副刊

# 輯四——我曾經有過的 LIFE

# 平反

弟弟近幾年迷上家族老照片數位修復，日前把一張郵票大小的黑白照片掃描、放大，精心回復未經時間淡化、汙損前的原貌；再以「鐵馬美少女」的電子檔傳給我，說：「替你平反啦！你以前不難看嘛。」

那是我十三、四歲上初中時的照片，珍藏在大姊的相簿裡。我原不知它的存在，突然看到自己青澀時代眉清目秀笑臉盈盈站在老家門前的模樣，也覺得驚喜。

需要被平反，二姨難辭其咎。從小我就被認爲是五個女兒中最醜的，二姨嗓門大，講話直白，更幾次當著我的面說這個「尙 bài」！

那年頭，沒有人會顧慮這樣說，對孩子的心理有多傷，只有我知道。後來結婚，聽到婆家人戲謔地叫一個上有三個美麗姊姊的小甥女「阿 bài」，我就義憤塡膺，大力抗議，並且努力稱讚她——本來就不醜啊。

十四歲（炭筆畫）

那張老照片眞的好看，臉蛋五官都不錯。

於是拿它來炭筆素描，好好與年少的自己對視。

一邊刷刷落筆，一邊回憶霸氣的二姨，以及母親和她之間不平衡的關係。

母親善良退讓，對於這個小她三歲的妹妹一輩子呑忍、討好、委曲求全；氣她，卻更畏她。

我更怕她，被她說醜，還要被她罵這個囡仔見到人也不會叫。見到別的阿姨，我還容易叫出口；而她，即使正面相視，我也囁嚅口難開。領受了她對我不友善的批評，每次她來，爲了完成招呼她一聲的任務，我常焦慮痛苦不堪；有時爲了叫她，假裝無意地靠過去，她卻有說有笑，眼神不曾轉過來，我只好走開，繼續煎熬。

天啊！小學時候的我竟然承受這樣的精神霸凌！可長大後說起來，手足們卻不能理解，說大概是我比較敏感。眞是飽漢不知餓漢飢，我的自卑心態其來有自啊！

長大後，聽母親談她與這個妹妹間的牽扯糾葛，我對二姨更加不喜歡。

母親的童年還順遂，但是在她十一歲那年，外公死於天狗熱（登革熱），世界就改變了。外婆不是能幹、肯做的人，米店開不下去，身爲長女的母親開始要分擔家計。

同母異父的大舅讀公學校，兼做打雜、敲鐘。母親沒上學，幫校長太太帶孩子。二姨比較好命，日本老師遊說外婆讓她去讀書，「反正她幫不了家事。」從此命運分歧，妹妹每日穿戴整齊到學校上課認字，與同學玩耍。做姊姊的跟校長的女兒說那是她的妹妹，對方還不屑，說「wu-so」，認爲她撒謊。

後來母親先是去丸安會社（鳳梨公司）做工，再跟鄰居姊妹淘學會做衣服，便貸款買了裁縫車，以家庭洋裁謀生。人聰明，手巧，連男人的西裝都會做，對家裡的經濟很有幫助。而二姨十七歲公學校畢業，才做一星期的車掌，與駕駛談戀愛，十八歲就出嫁了。

母親直到二十二歲才結婚，妹妹沒體恤她的辛苦，卻回來吵鬧，說姊姊陪嫁的花鳥匾額比較多，枕頭布比較漂亮。「彼攏是我家己繡的。」「家具嘛較濟（多）。」「這時陣木料較便宜，算起來，用的錢比你的少。」「算家具濟抑是少，不是算錢！」

還有，「你的金錶仔鍊重八錢，我的才六錢！」「我家己做衫賺的錢。」「免講講遐的啦。」

說到這件事，母親就嗟嘆，「伊是怨人有，笑人無的性地。我出嫁前閣去給伊做月內，嬰仔衫嘛攏是我做予伊呢。」

因此，母親很在意自己的顏面，不想在她面前漏氣。如今我們看父親婚前的照片，都訝異三〇年代，他如此時尚；三件式西裝，揣著懷錶的金鍊，短靴，一表人才。而爲了迎親時讓六部黑頭仔車進入，還不惜花大錢拓寬三合院前的巷路；可母親在嫁入劉家門，才知道父親其實很窮。母親傷心之餘最要緊的事，是叮嚀外婆和大舅不要讓妹妹知道她的情況。

大舅嘆氣，「仝爸仝母生的，哪會遮爾（這麼）不仝款！」

兩人之間後來很大的嫌隙，是父母不肯把女兒給二姨做媳婦。

二姨育有兩子，最先希望長子娶我大姊，父親不肯；後來兩人各自婚嫁後，她又希望二姊嫁她次子。

父親也堅決不答應。當時沒有表兄妹不能婚嫁的法規，但父親明白近親婚姻不利血統，也不想與這種個性的小姨子親上加親吧。

兩個姊姊嫁的都是鎮上有名望的人家，二姨更覺得臉上掛不住。

二姨做了婆婆，一樣是分量很「夠重」的長輩。兩個兒子在公家機關上班，長媳包辦家事外，還要負責農事，非常勤勞。二妗愛數落二姨，「阿麗攏手拿斗笠仔欲出門沃菜了，她閣把人喚住，講這領衫清氣清氣，水落落就好。」二妗說，既然衣服乾淨，水裡漂洗兩下就好，自己閒閒坐在眠床上，「爲啥物不甘願家己出腳手去落落？」

次媳溫婉秀氣，與二表哥相看兩對眼。但聽說她不識字，二姨堅決反對，疼她的二妗極力撮合，最後才成功。

二妗最不能忍受的是，二姨臧否人時，常帶著一份優越感，「到底沒讀過冊，有較差。」二妗不服氣，「你識字有啥物不仝款？嘛不曾看你寫字看新聞紙。」背後更不以爲然，「嫁有田有園的人，也沒去巡巡看看，讓阿俊把田產賣去一大片。識字有啥物路用！」

二妗很有資格批評二姨，她聰明，女紅、烹飪、家事一把罩，記電話號碼有自己的符號（也許多半靠記性），台灣頭台灣尾，自己出門搭車，暢行無阻；不像二姨，「步步要人帶」。更重要的是，二舅能賺錢，更能花錢，多虧二妗會持家，才能買屋置產。

而且，她重親情，禮數周到，年節或外公、外婆忌辰，一定「吆喝」大小姑回去燒香、吃飯、答喙鼓；是母親口中的「好外家」。晚輩受到委屈或困難，也愛找她訴苦、處理——所以她最清楚二姨與子媳們之間的情況。二妗對母親很好，常說她比二姨聰明多了，「做衫功夫好，閣準時交衫，街路多少人攏愛予伊做。無讀冊不識字，一大疊布哪塊是啥物人的，攏袂毋對，人人的寸尺一量就記佇心內。」

母親是聰明能幹，可二姨就是命好，從小不必能幹；自由戀愛結婚後，還可以「翹腳呷菸、呷檳榔」。母親雖然不喜歡她這兩樣嗜好，每回她來，仍然急忙遞菸、遞菸灰盤，叫我們去菜市仔口買檳榔。

如此殷勤地對待自己的妹妹，心裡的怨氣卻不曾消失；每次被「刺」到，就從妹妹回家計較嫁妝說起。但每當二妗「虧」二姨時，心軟的母親會對二妗使眼色，拉拉她的衫裾。

母親年老後才不再心存芥蒂，姊妹兩人見了面話更多，偶爾也電話聊天。但直到二姨往生，二妗還是忍不住對我們說，「伊就是不甘願輸恁媽媽，恁媽媽九十歲過身，伊嘛活到九十歲才轉去！」

眾姨媽之中，母親與二姨最好看。抽菸，吃檳榔，講話大剌剌，倒沒有讓她像大姊頭。如今看老相簿裡的她，半月型髮簪，長裙，半高跟皮鞋，再文文拿手包的模樣，我們還說她有些像宋美齡。

而年少的我，經常在外面玩耍，跳橡皮筋、玩沙包、爬樹、走丈把寬水溝上引水的竹管，甚至和同學一路踢甩出木屐，一路走到員林水源地「百果山」。這麼「野」，皮膚當然是黑褐色，還有雀斑。

不對，我天生比姊妹們「黑肉底」，兩個姊姊合乎當年日本型的東方美，兩個妹妹像洋娃娃，又「好笑神」；而我，瘦瘦長長，有一雙不合時宜的深眼睛。「目睭深，肉黑，敢若番仔。」大人這樣說我。這樣的容貌，被好看的二姨說醜並不冤枉。

上高中後，同學們反倒羨慕我的深眼睛和長腿，我對自己才稍有信心，不再那麼畏懼二姨。結婚後，也敢於和她聊天說笑，慢慢欣賞她的爽直和她的風趣。

我四十歲那年大姊娶媳，老少聚一起，二姨目不轉睛地看著我，說，「哪會今嘛這個遮爾媠！」

那時我有一頭飛揚的法拉（好萊塢影星法拉法絲）長髮，穿褐黃薄呢套裝，非常亮眼。我不客氣地回她，「你以前攏講我尙bai！」

她哈哈大笑，「你閣會記哩咧。」

也許二姨當時已親自爲我平反了。

——原載二〇一三年八月一日《聯合報》副刊

# 副刊編輯的戒嚴歲月

《台灣新生報》民營化那年我退休，歲月匆匆，倏忽已過十三年，迄今卻還有人以當年的職銜叫我；起初常認眞糾正，後來就隨緣接受。畢竟《新生報》在我的生命中占有的時間和地位非比尋常；人的一生能有幾個三十五年！

進入《新生報》完全不是我能計畫的事。文藝青年寫文章、投稿，最常發表的報紙是《新生報》和《中央日報》。寫著，投著，後來新生副刊主編把我的剪報拿去給社長「審查」，我便進入《新生報》，做副刊助理編輯。

當年一切簡單，一個版面就主編和助編兩人，沒有所謂的美術編輯。我像個小學徒一般，學習校對、看稿、選稿、改稿；算字數，畫版樣，標出題目的字體、級數和邊欄框用的圖案；到檢排工廠看師傅拼版……。還曾客串記者去採訪一樁透過新副文章、父女重逢的溫馨故事。

主編鉅細靡遺指導我；但他也警告我，有些檢排工人會拿矯，粗話、葷話難免；他都常要敬菸、說好話討好，希望我有心理準備。

六〇年代，組成一個版的過程是：檢字工人從鉛字架上一個字一個字的「檢」、行列在手中的小木盒；行與行之間夾著鉛片。有些罕見的字，鑄字工人須即時鐫刻或切割鉛字來拼組。鉛字組成的文章打「小樣」由校對校過，工人改過，再由拼版師傅根據編輯畫好的版樣組版。

以前報紙的字很小，同樣大的版面，容納的字數接近如今的一倍半；頭題五、六千字不希奇。因此，拼版需要好眼力，師傅用鑷子小心夾起小木盒中的字群，移到大版裡，視字數需求換欄或換行；如果文章有配圖，就沿著鑄圖鋅板不規則地盤文。組好版後，工人以油墨滾筒打「大樣」讓校對「再校」，然後再打「清樣」；主編核閱修正過，確定沒有問題了，才付印。

這過程也可能出狀況，曾有工人抬著版去打清樣時，不小心打翻在地，一時哀嚎四起。因爲一關又一關互爲牽連，前置作業的「畫版樣」必須非常精確。如果落差很小，拼版師傅只需在行距間插入薄薄的鉛片，或者「抽條」即可——眼尖的讀者會看到某些段落的行距鬆緊有別。如果誤差太大，難保師傅不把坐辦公桌的人叫下去「訓」兩句。

畫版樣跟拼版一樣是手工業，我有一把特製的尺，橫行標著5、10、15、20，表示行數；豎行寫是10、12、15……，那是每行的字數。以前的報紙很保守，每欄多固定十個字，只有「邊欄」的字數有變化。題目的空間也有不成文的規定，不可能爲了遷就字數或美感要求而「浪費」版面。一個蘿蔔一個坑，當年各報編排風格大致如此。

有適當字數和性質的稿子可搭配，畫版樣就輕鬆得多。兩三個邊欄確定了，再有一篇頭題來盤文，大概就底定了。邊欄講究「黃金律」，而版面中間左角最好有兩三百字的幽默方塊或小品來調劑。

最要低聲下氣求工人的是：換稿！威權體制下，各報的新聞內容大同小異，副刊在政經邊緣，時效性不大；但偶爾還是會有與政令相關或要人的文章必須插隊刊出。

有時被工人大小聲則是：字太草。「你們當編輯的應該在原稿上仔細修正，總比我們辛苦檢好字後再來改的好。」幸好，工廠裡有特別會看龍飛鳳舞草字的高手，只要他沒休假，就沒問題。有趣的是，有兩任社長的字特別費猜疑。

也是幸好，無需敬菸，我與檢字房工人相處堪稱融洽。是對年輕女孩比較客氣？可主編說也有年輕女同事被他們氣哭的。

二十來歲的我拘謹害羞，到了工廠，就直直走去拼版檯，如果拼版師傅不在，聽說了他在鑄字房或其他地方，或叫我問誰，我就緊張。雖是常常見到的人，但識人的能力差，完全弄不清誰是張三誰是李四。那時沒有冷氣，夏天裡大電扇呼呼叫，衆多男人不是打赤膊，就是背心汗衫。即使目不斜視，我還是不小心會看到牆上養眼的海報。

久了，總算認識了幾位檢排工人。其中一位，娶了日本筆友——他們不少是受過日本教育的；正熱衷寫作的我好奇，打探他與筆友的戀愛過程。而他對我說，每次我到工廠，某人有事沒事也下來，「這個人只是『好看頭』，學識和人緣攏不好，千萬不要和他交往。」

後來，版面的編排有較大的彈性，又有美術編輯，我只要在紙上作業，看大樣；無需去看拼版。每日下樓只爲發稿——有時用升降梯，連伏案後的「動一動」都省了。

負責檢排工廠的周副廠長人和氣，又細心謹慎；我們多年的合作過程只出過一次狀況：頭題的最後一頁譯文遺失了！幸好作者住在台北，我請她再譯一次，由周副廠長親自騎腳踏車去取回。

再後來，不必我親自畫版樣、發稿，到工廠的時間更少；只有大幅度改版或催版時才「親自出馬」。

戒嚴時期，最難的是，必須恪守諸多禁忌和限制，千萬不能出紕漏！「中央」和「中共」很像，不能誤植。到了「光輝的十月」，有關犯罪、死亡、貧病之類「不吉祥」的文章不能在副刊上出現。十月一日中共的國慶，文字要哀傷、要憤怒都可以，就是不能有一絲「喜氣」。散文大家王鼎鈞曾在一篇文章裡提到這天的廣播節目不可祝壽慶生，不可開張剪綵，不可否極泰來，連氣象報告播出「長江下游天氣晴朗、台灣海峽烏雲密布」，治安機關也要查究。

副刊平日會預發短稿，方便臨時補白，或抽換。拼版師傅只管字數，不管內容，所以在十月非常時期得格外留意給補上去的文章是不是「有問題」。連載小說也得細讀，免得其中不巧有教情報人員費心「穿鑿附會」的文字。

即使小心謹慎、戰戰兢兢，也難保不出狀況。

十月裡，一篇用來調劑版面的幽默小品出事了。文章說的是一個人因為全部假牙，被揶揄為「無齒之徒」。

登出當天，報社「人二室」來查，說笑話有問題；因為總統蔣中正就是戴全副假牙。

「人二」是管思想的，不知那是「有關單位」交下來要他們辦的任務，還是他們自己盡責找出來的。總之，「那是翻譯作品」無法撇清嫌疑，人二要身為執行編輯的我去找譯者，最好要來那本書；如果它真是翻譯的話最好，「可是譯者什麼成語不好用，偏用這樣的題目！」

不記得是什麼節慶，那日路上有遊行隊伍，我這個「下港人」在太陽底下，流了不少汗，問了多少次的路，才終於找到譯者。

那位外文系的男學生告訴我，這篇譯作，以及他投給我們的多數文章，都譯自「美國新聞處」的內部讀物，無法讓我攤出去交差。很多年後，在一個文藝集會，他憑著我的名牌來「相認」；他是外文系教授、研究莎士比亞的專家了。

對於譯文比較沒有警覺心吧？有一年的十月三十一日，我又被約談了。我發的一篇萬聖節稿子，開宗明義說，「今天是鬼節，也叫萬聖節。」天哪，總統華誕不是普天同慶嗎，我怎會疏忽至此！

幾年前，讀到前民進黨主席施明德一篇文章，說軍中某人排隊去向蔣公拜壽時，只是問同袍今天「拜幾」，卻被有心人把台語的「星期幾」曲解成「拜鬼」；結果以「思想偏差」，被判感訓三年；後來又加了好幾年！

有一次的狀況是我自己的作品惹出來的。結婚前我與頭髮細又黃、小名「紅毛」的朋友合租一間小房，有過一段天眞快樂的少女時光；我寫成了一篇題目叫「紅毛與我」的文章，在新副發表。登出當天，「人二」來查，說有人反應作者在暗示什麼？紅色代表中共，毛是指毛澤東嗎？

我跟編輯前輩——中副的夏鐵肩先生討教，本來以爲他會和我一樣認爲荒唐，誰知他說看到標題就想著不妙，替我擔心。眞是草木皆兵的時代啊。有一次甚至只因文中有「少臭美啦」一詞，就有讀者來糾正，說編者不該縱容這種破壞中華文化的用詞出現。

經過了多年的錘鍊、磨合，我的大腦終究變得比較「方正」了；讀到「她美如一朵向日葵」，馬上改爲「美如一朵玫瑰」。家庭版的同事因爲一幅向日葵的照片，引起強烈的關切後，我當然會謹記它和鐮刀一樣，是中共的政治象徵。

不記得「無齒」和「鬼節」兩次較嚴重的「思想問題」當時如何結案？大約因爲是「來自中部鄉下的台灣女孩，生活單純」，匪諜嫌疑的可能性太低，只寫了報告或者「切結書」吧？

多年後，這樣單純的人到底知道了黑色紀錄一直附在身上，是影響日後升遷的因素之一。

——原載二〇一四年三月二十四日《自由時報》副刊

# 鉛字的重量

三月中，終於去了一趟「日星鑄字行」，它在台北市太原路一條小巷子裡，是台灣目前僅存鑄造鉛字的地方。

跨進去，照面一排排A字型鉛字架，就彷彿回到了舊時的《台灣新生報》檢字房。

以前看著數十名男女工人一手原稿和小木盒，一手快速地從眼前密密麻麻的反刻鉛字中「抓」起字，我這近視眼都很佩服。當然，他們不只是視力好，也因日久天長，工作熟練，知道哪個字站在哪裡，所以手到擒來。在報紙以早班火車運送的時代，檢字、拼版的熟練快速是基本要求。

想到檢字房，心裡存檔的是一九九三年八月某日的一個畫面。

那天，二樓的工廠眞個是人去樓空了！

A字型鉛字架只剩瘦骨嶙峋的鐵架子，原本斜放上面排列鉛字的長方型淺底木板盒已清空，疊成一落落；鉛字、鉛塊則打包成一袋袋，胡亂堆在地上。地上還有各式各樣不同尺寸的小木盒，以前工人作業時握在手中，或放在小推車上，各有用途。

比較龐大的是打清樣的機器。

和我一樣來「探望」（憑弔？）的周副廠長無限惋惜地說，「當年都是花了大錢買來的，現在都變成廢物了。唉，報紙電腦化，老東西都得淘汰。」他是工廠元老，感觸更深吧。

「沒有小工廠來尋寶嗎？不可能所有印刷廠都有能力電腦化吧？至少也該有識貨的人來買、當文物收藏或投資啊！」

都沒有，他跟我一起苦笑。《台灣新生報》是台灣最早的報紙，工廠裡的器材都有歷史意義；可惜公家機關缺少商業頭腦，或者是怕麻煩，說丟就丟，所有與電腦作業無關的設備都不要了！

「大概只有鐵製品可以賣一點錢吧。鉛字也可以論斤賣；賣不了的，就只是廢物了。」

好可惜，在我眼中，連打清樣的機器都很好看；擺在報人的房子中，會是有歷史價值、又有氣勢的裝置藝術呢。心裡不捨，我撿了幾個小木盒、一小握鉛字，當做紀念。就這樣，活字版印刷在我的工作生涯中徹底結束了。

然後看到兩張大工作檯上以鉛字排了大大的四個字：珍重再見。

我的眼睛忍不住濕了。

珍重再見，在這些工作夥伴尚未散夥前，我跟副廠長說工廠有惜別會時別忘了我們；一位叫阿忠的技工來副刊室，我也請他召集幾位工作上與我們副刊組幾個版較有接觸的同仁，我來請大家小聚。但是，過沒多久問起，副廠長和阿忠說的都是，「哪有時間聚餐，大家忙著找新工作，找到的忙著去上班，散散去了。」

爲了照顧檢字房工作的同仁，報社曾延師指導他們學習電腦；可是要教長年累月固定做一種工作的人轉型，何其困難，何況多是有了年紀的；只有極少數成功學會電腦操作，留在報社；無法留下來的，不是提早退休，就是拿了資遣費去開計程車，或賣水果。

我年輕時進《新生報》，當副刊助理編輯，發稿、看版、改版都要到工廠。即使多年後當主編，偶爾也要親自去那兒看版或交代工作；特別是催版時。

催版，常是因爲當時負責拼版的小方脫班。是長得眉清目秀的小夥子，能力也好；可是見報三、四天前該給的版樣，常常一兩天前才拼好。我跟他說好話，他也跟我說好話，總是說「家裡有事」；不是自家，丈人家，就是叔叔或阿姨家。有一次氣不過，打破了我在報社的紀錄，對他大小聲。他無奈地說，那讓別人拼好了。

他拿矯呢。大家都說副廠長包容，每次小方請假或曠職，都替他善後。後來我才知他賭博；尤其風行「大家樂」時期，他三不五時不見人影。有一回問他昨日怎麼沒來？他說，「簽大家樂，被抓去關了一夜。」

這麼坦白無邪，倒教我笑起來，「眞的？假的？」

「眞的。騙你做什麼！」

後來他還是離開了，據說還欠了一些債。

老卜則是急驚風型的技工，我最怕由他負責分稿——把稿子一頁頁用紅筆寫好順序後交付檢字。他性子之急，無人能出其右。原來定好每日四點鐘發稿，三點他就來催；能早一刻都是好的。副刊沒時間性，五天前發稿，作業流程很從容，後來給他一再磨菇，變成六天前發；再後來，他說「今天發，工人明日才能檢字，也等於沒有提早」。總之，後來就變成了「七天前發稿」的規則。晚一天發稿，都變成欠他了。

即使如此，他還不滿意，樓梯間碰面，就一副憨憨笑容催著發稿。甚至說，「多發幾個版吧，快過年了！」也不管那時是幾月。可笑的是，有一次我打電話找他，響好久沒人接；下樓時跟他講，他說：「原來是你打的啊，我剛要來接就斷了；你怎那麼性急呢！」

過年放年假，預發很多版的稿子總是讓他很快樂；好像一時成了暴發戶。他愛挑毛病，碎碎念著哪一版的編輯同仁畫不好版樣，引得同事大發雷霆，他也憨憨笑。

他還有個特色：不怕冷，一年三百六十五天、包括寒流日子，都只穿汗衫。

報紙電腦化初期，電腦沒有今日的聰明，當機或忽然亂碼的事不時發生；常要找電腦公司的工程師來「看診」。我早早自學了電腦基本操作，可以親自去資訊組「叫」出少數開始用電腦的作家傳來的文字檔，拷貝到方型磁碟裡（不是如今的圓型磁碟，也不是小小的記憶卡），再交負責副刊版的電腦小姐做後續的作業。這其中也不時出狀況，那時刻，我就懷念「手工業」時代，以及工廠裡那些可以用人話溝通的夥伴們。

經過了好一段日子的磨合，總算嘗到了電腦編報的便利。標題字用的楷體、宋體、黑體，可粗可細，可長可扁，還可以拉爲長1長2或長3，悉聽編輯的美學觀點；要多大的字也自由選擇，不必找人手寫再製成鋅版；同一個錯字，可以在全文中搜尋，以正確的字一一取代或全部取代；改版，可以乾坤大挪移；所以，換版也不必是有太多愧疚感的任務。……

就是這種種優點，活版印刷才會走入歷史；而到了二〇〇〇年，創辦於一九六九年、專門生產鉛字的「日星鑄字行」更成爲台灣僅存的鑄字行。

鑄字行的一樓，密密麻麻的鉛字外，鑄字機也吸引了我的目光。在報社工作多年，好像沒看到這機器。聽說要以攝氏三百度高溫熔鉛成液，再鑄字；其辛苦可想而知。

流連在鉛字架間找自己的名字，看得眼睛發痠，也找不到。鉛字最大的是初號，最小的是六號；以前的報紙內文都用六號字體，爲了「與天爭地」，行距很小，我奇怪，以前老人的眼睛較耐操不成？

到了地下樓，看到一列列醬色老骨董木櫃，第二代負責人張介冠先生告訴我薄薄一層層抽屜裡裝的都是珍貴的字模。我最想知道的是當年他們有沒有從《新生報》收購了什麼東西？他說沒有，倒是從《聯合報》買了一套常用字（四千個）的銅鑄字模；每個字五毛。

「俗俗賣是因爲不賣，也只成爲廢物。」

他的中文鉛體字模庫藏有三十餘萬字，近幾年，兩岸都有識貨的人表達購買的意願。不過，他捨不得出售，爲了保存台灣的鑄字產業與活版印刷文化，他成立了「台灣活版印刷保存協會」，更希望以後「日星鑄字行」可以成爲工藝館。

不過，說到鑄字行的生存，他一臉無奈。七〇年代，活版印刷的市場需求大，父子倆日夜輪流趕工，每日必須鑄十萬個鉛字；現在的鉛字大多只用來印帖子或賀卡，他們一個月花在鑄字上的時間不到八個小時！難怪我問到一樓櫃檯那位是不是他的妻子時，他笑說是不是那個有點胖、板著臉的婦人？然後說，「每天只能賣出幾個字，笑不起來啊。」

鉛字的命運如此，誰也無力對抗。相較於電腦，活字版印刷立體，有厚度，也更有味道；可惜鉛字「懷舊」只是文青的風花雪月，偶一玩之而已。

我在裡邊穿梭時，聽到一名老外以緩慢的國語請教老闆娘活版印刷的市場問題，陪著惋惜；也看到三三兩兩的年輕人在鉛字架邊搜尋，驚歎，然後拿了工作人員爲他們找到的字歡喜離去。字很少，價錢很便宜。

我也買了一些字，一號和三號宋體。老實說，除了自己的名字外，其他的字是想了好一會才決定的；因爲明知這些鉛字都無實際功能，純是收藏，偶爾把玩，感受它們的重量而已。

——原載二〇一四年七月十四日《聯合報》副刊

# 我的員林過去式

直到進入中年，我才悟到我不僅「出身」於一個純樸小鎮，更精確地說，是「出身」於它的文教區。

台灣光復前，父親在員林選擇住家時，一定有考慮到「近學校、市場和公園」的條件，但是他很可能沒想到那日式宿舍方圓不到一公里之內也有圖書館和數家戲院。

家緊鄰著員林公園，穿過公園不過七、八分鐘，就是「員林國小」，是我度過六年啓蒙歲月的所在。

因爲地利之便，那一大片園地是我們兄弟姊妹的遊樂場。公園很多古樹，老人起早來運動，夏日來納涼、答喙鼓。邊陲有個小湖（有人叫它大池塘），湖中小島有假山、涼亭，和一條「連接陸地」的拱橋，是員林人拍照最愛取景的區塊。湖裡經常有睡蓮綻放，底下蘊藏著無限生機。我和妹妹愛坐在湖上一枝彎著長到水面上的樹幹，雙腳在水裡踢打，看清澈水中的小魚慌張奔竄；看菜農在湖邊沖洗蔬菜。我們也曾趁父母尚未起床，偷偷趕家裡新養的鵝進湖裡游泳並飽食一頓。颱風過後拿畚箕去撈魚蝦，或者去撿掉落一地的樹枝回家當柴火。後來這些童年往事都成爲我生命的背景和開始寫作時的題材。

上學會經過面對網球場的「文昌祠」，小時候大家叫它孔子廟。台灣光復後曾有樂隊在那兒反覆不停地練習國旗歌，畫得一手精采電影看板、外號「黑狗坤」的二舅吹伸縮喇叭。孩童們在廟前雕有雲龍的「石雕御路」攀爬，一邊看樂隊表演。

民國三十八年，國民政府來台，難民及軍隊借住員林國小，大約有一個學期，我們班暫時在廟裡上課，在雕梁畫棟間穿梭玩耍。這兒離家更近，下課時間可以回家拿忘了攜帶的東西。

很多年後，才知道它正式的名字是「興賢書院」，三級古蹟，建於清嘉慶十二年，距今快兩百年，是員林最早傳出弦歌的地方。廟內奉祀的主神是文昌帝君，陪祀的有倉頡及其他聖賢。難怪每逢初高中考試前，家長總要來這兒祈求好運。

不過，與我關係最密切的是員林圖書館。它是彰化縣立圖書館的分館。

小時候的課外讀物只有《台灣新生報》每週一次的「新生兒童」。父親允許我把半版的報紙裁下來裝訂成冊，可以再三閱讀。父親的書都是日文的，我只找到一本中文的《偵探與化裝術》，也看得津津有味。

大概直到小六，我才登堂入室，進入圖書館。這棟古典木造建築，原是日本官廳訓練警察武道的武德殿，它和員林國小和我家大約是等邊三角形，都在七、八分鐘步行可至的距離。放學後我和同學們在公園裡捉迷藏、跳房子、玩沙包，偶爾才到公園邊緣的圖書館；它寬敞水泥階梯兩邊的斜坡是我們的滑梯。一日，我獨自怯怯走上圖書館內的木頭地板，雖只看到了少少幾本小學生讀物，卻驚喜地發現這也是小孩可以進來的地方。芝麻開門，那一小步是我人生的一大步。

上初中後，我辦了一張借書證；從《格林童話》、《安徒生童話》、《小婦人》、《小公子》，讀到《少年維特的煩惱》、《唐吉訶德》。還讀每個月出版的《拾穗》雜誌，其中最教我傾心的是西洋畫家、音樂家、詩人的介紹。拜倫、濟慈、雪萊、舒伯特、貝多芬都是當時「認識」的人物。我也喜歡裡邊的小笑話，常說給為生活煩憂的母親聽。迄今部分笑話，還會在恰當的情境下從腦海中蹦跳出來。

最得意的是我在圖書館「發掘」到據說多年不曾離架、已被蠹魚蛀了不少洞的希臘詩人荷馬的史詩《伊利亞特》和《奧德賽》。這兩冊西方文學經典，應是糜文開翻譯的。前者寫的是特洛伊的戰爭，後者記述希臘大將奧德賽戰勝回國在海上碰到的種種挑戰和考驗。愛情與英雄的冒險故事，再加奧林帕斯山上諸神的情感糾葛讓我著迷，一頭栽入希臘神話，甚至爲諸神做了枝繁葉茂的「家譜」。後來我也借了米爾頓的《失樂園》、但丁的《神曲》和歌德的《浮士德》。以當時的年紀，對這些大著作的內涵，體會極有限；卻一定從頭讀到尾，有了進入文學殿堂的歡喜。

學校裡的圖書館無法滿足一個飢渴的心靈，多少個黃昏，放學回家，我沿著小河走向員林圖書館，看雜誌、借書，再從圖書館沿著小河走回家，途中想著書裡的情節，自己編織著一個又一個浪漫的故事……

同一個時期，中山路的中華戲院和光明街竹廣市邊的文化戲院也是我出沒之處。二姊氣我「不用功讀書又不做家事，光看小說和電影」，發明了一個用六枝筷子測謊的方法，最後總是逼得我承認又去看電影了。期考前一天，我去看了三個小時的《暴君焚城錄》。如此神勇教同學又妒又恨，因爲我考出來的成績仍然不差。《亂世佳人》也是在大考前看的。小地方，放映檔期短，不看就來不及；特別是我們常看免費的電影。大姊的公公是中華戲院股東之一，有一張所謂的「銅牌」；那貴賓證在親友之間流轉使用，當它落在我手中時，再難看的電影我都不肯放過。我還不時去巡視戲院前的海報，好了解當時和下次檔期演什麼片子。根據世界名著改編的電影，即使沒輪到銅牌，我也一定用有限的零用錢買票進場。

文化戲院第一檔電影是《蓬門今始爲君開》，起初以爲那是影院開張的廣告詞；知道是電影，讓「文學少女」大爲驚豔；戲院老闆女兒聽我問那是巧合嗎，還神氣地睨我一眼，說當然是特意挑的。

最愛干涉我們看電影的二姊「嫁掉」那晚，我和四妹與高采烈去文化戲院看丹尼・凱演的喜劇《欽差大臣》。

二姊自己也愛看電影，還喜歡敘述給我們聽，一部《翠翠》，說得非常冗長，因爲每個情節、每句對白她都要交代。後來我讀了沈從文的《邊城》，不自覺把二姊說的場景套進去。我自己看過電影後，則習慣在腦海中鉅細靡遺複習一遍。我還蒐集「電影本事」和明星照片；照片背面寫下他們的基本資料，包括年齡和配偶。

說得一口好故事的是母親，她的戲院是位在西門外婆老家旁的員林戲院，演歌仔戲和舞台新劇。年少時喜歡躺在榻榻米上聽她娓娓說樊梨花、王寶釧和薛平貴，卻覺得歌仔戲水準不高，不是「讀冊人」該看的。有一年，在大學教法國文學的弟弟光能和我應邀參加一場手足文學淵源的座談，我們都說多年後才悟到自己最初的文學啓蒙來自母親。那次座談我才知道當年母親要「偷偷」帶稚齡的弟弟去看戲，常教他先到外面等候，免得被霸氣的我看到，又叫又嚷，奮力阻擋。

時移事轉，如今的員林早已不是當年的面目，九二一地震的次日我心痛地面對興賢書院的崩毀，後來它雖然重建了，已不是我心目中的文昌祠。幾家戲院被超市、加油站、銀行取代；員林國小遷移，原地成為國宅；而武德殿建築的圖書館已擴建成大樓。

世事本如此，不必傷春悲秋；值得高興的是，父母給了我一個很文藝的成長環境。

——原載二〇一二年十一月十九日《人間福報》副刊

# 我曾經有過的LIFE

孩子們看到我拿出一疊六〇年代的《生活》雜誌，訝異又歡喜；奇怪我有這些「遠古」的雜誌。

光看歷史感的封面，就很有意思。比較吸引人的封面是瑪麗蓮・夢露、達賴喇嘛、鐵幕後的中國等幾期。

封面上還保留著英文地址條，收信地點是美國德州的TERRELL市。雜誌是我年少時的美國筆友 Mr. William N Curry 訂的；他看過就航空寄給住在台灣中部小地方員林的我。

每次收到捲成一個結棍圓筒的《LIFE》，我就小心解開，在日式房子木條大窗下翻閱，感覺自己與外面的世界有了連繫——以現在的說法，就是「接軌」。日式木條窗有院子裡芒果樹、桑樹葉子的剪影，更加典雅；「青春少女」在這樣的畫境中讀洋文雜誌，私心裡也有一絲虛榮吧？

那是純眞而保守的年代，交筆友是浪漫又神祕的行爲，很多以中學生讀者爲對象的雜誌常附有徵友欄；筆友進展成爲情人的小說，令少男少女有了美麗的遐想。可是我們班的志向不同，因爲英文老師的鼓勵，我們交筆友的目的在練習英文和增加一點國際觀。

多數同學都參與了這股熱潮。

交筆友，基本自我介紹一定有嗜好，於是一時之間，大家都愛閱讀、集郵、看電影、騎腳踏車、打羽毛球等等，有人扯得比較大，說愛游泳、跳芭蕾；反正盡量把會寫的英文單字塡上好充實內容。打好草稿，謄在薄薄的紙上，裝入信封，貼上航空郵票，到郵局寄出去。一切純手工，認眞而愼重。接下來的日子便充滿期待，也充滿驚喜。

美玉的美國筆友捎來了玻璃絲襪，教沒見過那時髦玩意的同學們好生羨慕；淑美的筆友是南非神學院的黑人學生，稱讚她的皮膚很白，說畢業後要申請來台灣傳教、找她，教她嚇壞了；惠娜的筆友是美國男子，說他很想娶東方人爲妻，如果她沒興趣，希望能爲他介紹……

最經典的是淑敏的英國筆友，說他是天體營會員，順便寄來一張他的天體照片，把一干沒見過世面的女孩子們驚得哇哇亂叫！

在那風氣閉塞、戒嚴的年代，可以收到來自不同國家的信，何等刺激、新奇！我的筆友最多，先後有德國、瑞典、義大利、印度、英國和美國人。我開始注意國際新聞，筆友所屬國家的新聞特別有親切感；瑞典公主的戀情、英國的大雪、義大利的黑手黨都有了意義，也增加了我寫信的題材。不過，多半通信一年半載就不知所終，只有美國德州的比爾，也就是 William N Curry 最有長性，雙方的通信從密集到疏淡，有五、六年。

他是成年男子，年過三十，銀行副理，有一個美麗的妻子和名叫莎拉的稚齡女兒。他喜歡閱讀、藝術和旅行。他蒐集戰爭紀念品，有早期印第安人的箭矢、美國獨立戰爭和南北戰爭的文件、第二次世界大戰德國將領的制服、德國宣布投降的報刊、美國西部開發時歹徒使用的型號的槍等等。

他送了我一枚印第安人的箭矢，而因為跟他說了台灣原住民曾有過的出草習俗，他問我能不能幫他找一把番刀，他可以寄錢購買；他蒐集名人簽名，希望我幫他索取我們的總統蔣介石的。這兩樣我都沒做到，跟他說他自己寫信到總統府去索取更會受到重視——我哪敢寫信到總統府啊。至於番刀，我連日月潭都不曾去過，再粗糙的紀念品都不知何處買。

他全家出門旅行，就把行程路線地圖和特別的照片寄給我，告訴我林肯待過某旅店期間，有一段無法證實的緋聞；傑佛遜曾下榻某個古堡云云。

知道了人類第一枚人造衛星史普特尼克通過德州上空的時間，他徹夜守候，拍到一張繁星熠熠中衛星畫過天際拖出的一道白線，寄給我那照片和刊登它的地方報紙。

他以打字機寫信，每次洋洋灑灑數張紙，總要花我很多時間查英漢辭典；我回信則必須借助漢英辭典，沒有打字機，純手工。基本航空重量十公克，只能容納四張信紙，每次唯恐超重，增加郵資負擔，還要假仙地說，「啊，你大概對這個沒有興趣，就此停筆了。」（他卻一定說他很有興趣。）

我最大的興趣是閱讀小說和神話故事，所以他寄給我荷馬史詩《奧德賽》和一本《希臘神話》。後來因爲我在報上發表文章，他驚歎我能使用「世界上最古老又艱難的文字」創作，把我定位爲writer，給了我一本《希臘哲學家》。以我的英文能力，它們得到的待遇是，偶爾「清彩」讀一頁，再回到書櫥裡當裝飾品。

寄得最多的、不間斷的就是《LIFE》。

《LIFE》照片多，我「看圖識字」。達賴喇嘛那期寫的是他在拉薩躲過中共的監視、經過千辛萬苦、逃到印度、引起世界矚目的事件。當時中國爲了顏面，說他是被某部落族綁架。「新中國內幕」那期報導的是「大躍進」時期不分男女老少土法煉鋼、建壩的情況。毛澤東許諾一個烏托邦，「以三年苦勞換取千載幸福。」

當年的警備總部做思想控制，由國外進來的讀物「有問題」的部分會被塗黑，我的《LIFE》捲得緊緊的，因此躲過了檢查吧，連中共人民公社很多圖片都完整。不過難說沒有整本被沒收的情況；因爲比爾說他每一期都如期寄出，而我曾經漏收過。

好萊塢影迷的我更有興趣的是影星的照片和新聞。以瑪麗蓮·夢露爲封面那期介紹的是她的新片《熱情如火》。導演比利懷德示範夢露走過冒著蒸氣的火車旁，「像這樣走」的照片挺逗趣的。那一期還有女高音天后卡拉絲爲了她備受爭議的行爲自我捍衛的文章，也報導了日本明仁天皇和美智子的婚禮。

二十五週年的特別版回顧世界大事，科學、醫學、人類學、太空發展、諾曼第登陸。有兩頁說到各種領域都有與男人一較短長的女子，重點照片卻是那些年的美女，瑪琳·黛德麗、麗泰·海華絲、愛娃·嘉納、葛莉絲·凱莉、瑪麗蓮·夢露、奧黛麗·赫本等人。這些經典照片，讓我如獲至寶。年輕時蒐集明星照片，還曾得到一位晚報影藝版編者慨然相贈用過的電影照片。

《LIFE》上的廣告不少，手表、鋼筆、香菸、酒、挖土機、相機、米其林輪胎、康寶濃湯、百事可樂，航空公司；車子則是大而豪華的雪佛蘭、凱迪拉克、別克等。還有漂亮的洋房和四爐式的調理檯及烤箱、洗碗機等各式電器用品。兒子問我當年看這些奇巧的日常用品，會不會心生羨慕？我說不會啊，電影裡也有先進大國才有的景象，距台灣甚遠，一般人過日子想都不會去想它們。

我到《台灣新生報》工作後還和比爾交換過耶誕卡，後來熱衷寫作，就淡了。

但我一直很高興我曾有那麼一段筆友歲月，感謝比爾不嫌我幼稚，和我討論美國的黑白問題、金門八二三炮戰響尾蛇飛彈的原理和它的來源——從台灣報紙，我天真地認爲那是我們自己研發製造的。

而且，不間斷收到的《LIFE》，讓一個鄉下女孩長了不少見識，有了「世界觀」。

那時候，美國就是世界哪。

——原載二〇一三年二月號《文訊》

# 台語時間

小兒子幾次說到小時候被叔叔們嘲笑台灣囡仔居然不會講台語，遺憾我們沒有給他們台語環境。

上有祖父母，講母語的機會也是有的；但是，三、四十年前，就算我有「母語」的先覺，住在國語氛圍裡的台北，在家要堅持以台語為溝通語言，並不容易。上學、上班，聽的說的都是國語；甚至來家裡做小工程的工人一口台灣國語，我貼心地以台語回應，他還不一定會切換頻道。我自己也直到近幾年，才不會不自覺地以國語回答人家的台語。

即使現在的小學有每週一堂四十分鐘的母語教學了，我以台語和四妹讀小二的孫子談話，他也一概以國語回應；我要他說台語，他才勉強說幾個單字，好，對，免，莫 maï。

兒子倒是在中部讀大學時期，自己補上了不擅台語的缺口。十數年間涉獵過幾種外語後，去年還認眞學習母語的聽、說、讀和寫；而且，透過「閩南語語言能力認證考試」，取得了高級資格。

如今，他算是家中台語（文）最有「覺知」的人了，我想運用的台語寫不出來，就跟他推敲。他給我薄薄一本《台灣閩南語推薦用字七〇〇字表》，我於是知道霸道是壓霸，不是鴨霸；丈夫是翁，不是尪，尪是玩偶，如布袋戲尪仔；熱心、愛管閒事是家婆，不是雞婆；彆扭是礙虐，凝是心裡鬱結怨氣；那麼是遐爾，這麼是遮爾。還有，沃是澆（花），按呢是這樣，蠻皮是頑強不化，慢且是等一下，袂當是不行……

我很喜歡沃這個字，沃花，是去「沃」花的土；澆花，卻是當頭淋下。

有些用語只年少時聽過、說過，如今讀它們，陳年往事隨之出現，感覺很溫暖，「母語」果然有母親的體溫。不過，爲了閱讀方便，我的台語文也只在對話中偶一用之。有些常用詞想用，卻連注音符號都拼不出來，如醜、不好的「左禾右黑」，只能打 bāi。能幹的「上敖下力」，只能寫 gâu。

再過一段日子，兒子傳給我「教育部台灣閩南語常用詞辭典」網站，只要打入「對應華語」，便可找到台語的寫法和語音。我的台語書寫於是跟著進化；只是我沒有學台語羅馬拼音，也沒去弄懂台語八個音的標法，進化還是有限。

在兒子台語學習的「高峰期」，他曾規定每週的例行家聚大家都得講台語。

這對我的長媳比較難。她來自外省家庭，四、五歲前住南部，據說台語溜得可以當孩子王，麾下甚至有比她大的孩子；在媒體工作時，偶爾會採訪只能說台語的政經界大老；剛結婚時，兒子與她每日有一個小時的「台語時間」。這些經驗累積起來的成果是，她可以聽懂七、八分。可要口說，腔調可愛逗趣，卻不時打結笑場草草收尾。前不久她幫迪化街老厝主舉辦百年老屋回顧展，問她和那些老歲仔「台語人」打交道有問題沒？「莫問題，伊講台語，我講國語。」有時卻是她講台語，對方講國語。兒子說，「他們在交換語言學習。」

在中部長大的我，台語也不見得夠用。我發現與姊妹講台語最順口自然；因爲有共同的成長背景和記憶，說的也無非生活日常。而現在的家聚，不免聊到社會狀況、政治局勢。網路、賄賂、拔職、反核、關說疑雲、監聽、偵察、文創、文青、物價指數、起雲劑、毒澱粉都不是日常的語彙。有的不難想出可取代的台語白話，有的逐字譯也順理成章，有的則只能以國語表達。

所以，晚餐桌上，我們常在腦力激盪。

「投資報酬率」怎麼說比較台？有彼个價值無？咁算ē和（划得來嗎）？算袂和啦（划不來啦）。

「偶然」怎樣說？三不五時，有時陣，有當時仔？

有人說他不善認人，「目色不好」。目色？不對，應該是目識。

我無意間用上的台語，也是兒子精進語彙的素材。「刁骨董」是什麼意思？刁難，也可能是玩笑說法的「作弄」；「漏鉤」？小時候我的母親會叮嚀，東西要帶齊，不要有什麼物件「漏鉤」了。衣著不整齊，會被罵「漏粽」；這個詞很有畫面，腦海裡出現的是粽葉沒包好，或繩子沒繫好的模樣。

台語（河洛語）是古人念詩詞的語言，以台語吟唐詩，更能表現詩人憂國憂民、憶友或感懷身世的時代韻味（聽說以客語朗讀亦然）。就是部分庶民用語，其犀利、傳神、逗趣，也是國語無法翻譯或取代的；「落」一句台灣諺語，能增加對話的趣味，或生猛力道，所謂「聳閣有力」。難怪有越來越多的台語夾在國語／文中。

日前幾個朋友走鄉間小路逛菜園，對植物特別有知識的方梓一一點名這是茄子，秋葵，蘆筍；都過了採收期，只剩零落的枯葉呢。我們說她很厲害，她說「bái bái 馬嘛有一步踢」。這俗語也有人說「lám lám 馬嘛有一步踢」，意思是能力再差（或虛弱），總還有一兩樣招數。後來去買鞋時，我嫌一雙休閒鞋雖好穿，但鞋底像紅燒肉，穿在我腳上更顯出我的呆相；朋友揶揄，「人若呆，看面著知。」

這些台語俗諺，使對話生動不少。

但是，國語已內化在我們的思維中，要大量以台語思考、發聲，並不容易。何況，要推敲的還有地方腔的差異。

我是員林人，偏漳州腔，丈夫是台北人，偏泉州腔。兒子小時候跟外婆說想吃 tir-huih-ké，外婆弄明白他說的是豬血糕，笑說，「你講的三音佮我講的攏不仝款；阮講 ti-hueh-kué。」

豬、筷子，台北說的音較輕；魚也是。據說是三峽偏泉腔。

母親的妹妹二姨嫁到溪湖，她的兒子們講「海口腔」，我們聽起來就是覺得「村俗」。小時候還不時聽大人說「泉州客，對半削 siah」，似乎是笑泉州人討價高一倍、還價少一半。

即使緊鄰員林的永靖人，也有我們取笑的腔。枝仔冰冷冷硬硬，我們說 ki-á-ping ling ling tíng tíng，他們說「ki-á-pen lián lián tiān tiān」，每個音我們以ㄥ收尾，他們以ㄢ。劉家祖祠在永靖，祖父終生住永靖，記憶中，他卻沒有那種口音。倒是後來我到彰化上中學，才知道員林腔的特色是：句末常加 ue 音。來 ue，去 ue，無所不 ue，偏偏樹的「枝椏」也讀 ue；所以同學愛調侃我，「來阮兜（我家）呷菝拉 ue。」

到台北工作，初次接觸宜蘭腔。我說的蛋nn̄g、飯pn̄g、軟nńg，來自羅東的同事淑霞卻在每個音中間加了注音符號的ㄨ，好像扭個腰，變得好纏綿，好旖旎。而眞好呷，眞婧，所有的「眞」字都是第四聲，並且拖長音強調。那種語氣教我想到鑽子的轉動。我說「洗身軀khu」，她卻說「洗分輸」。第一次聽到，我笑不可抑，「天啊，要分屍！」以後每聽一次還是再笑一次；年輕女孩笑點特低啊。

可她也笑我把「蟬」說成「嗶鹽」；我說大概因爲牠會嗶嗶叫，早時又有人把鹽加在牠肚子烤來吃吧。壁虎，蟮蟲仔，台北人說仙乪仔，她說的很接近，是神乪仔；我們說的卻很奇怪，叫嘰鈴仔。是緣於牠們的叫聲嗎？

關於台語的「勢力」，多年前有位同事宣稱英文的 king 和 queen 來自台語的「乾」和「坤」；就好像大家知道的，tea 來自台語的茶。

先母找不到東西時，會無奈地說，「魔神仔 take it 啊啦。」我揶揄同事，那 take it 也很可能來自台語的 theh khì 啦。同事說對啊。

雖然沒有根據，但語言本來就跟貿易一樣，在世界各地互相交流，你中有我、我中有你；所以強做解人、穿鑿附會也無不可吧。

倒是現在要學習正港（或接近正港）的台語並不難，近幾年政府推動台語、客語和原民語各種本土語言的教學，網路上可以找到資料；要寫母語詩、童話、散文或小說，有政府訂定的推薦用字可參考；只要有學習意願，不必停留在母語曾長年受到打壓的悲情狀態。有一位文友就身體力行，隨時掏出筆記本，寫台語詩；兩行三行都好。

而我個人的寫作，爲了讓一般人讀得懂，只採取山水畫「點苔」方法那般地使用台語；不必多，但求增加人物或對話的生動。這樣做，至少母語不會在我手中「失傳」吧。

——原載二〇一四年四月七日《聯合報》副刊

# 輯五——關於年紀

# 我的「歐盟」時間

幾位朋友每日拜佛一〇八下，既修心也健身。有一位還收到了明顯的瘦身效果，穿牛仔褲，腿變得緊實。

可我直到數月前看朋友在她家地板上示範，才動念拜佛。她雙手合十，吸氣，雙手盡量上伸；吐氣，彎下身，右掌貼地，右腿同時後退，跪下；接著左掌左腿，上身匍匐，兩掌盡量往前「滑」；雙掌上翻，握拳；再收掌起身時，以右掌、左掌，右腿、左腿的順序進行，動作要慢。「靠手掌的力量撐起身，膝蓋才不會受傷。」她說。

她的姿勢優美，雙手向上伸展和匍匐貼地時，很像瑜伽的動作。看來是改良式的拜佛姿勢，比較適合在稍微寬敞的空間裡進行。

我於是開始拜佛。

臥室地板本來就鋪著瑜伽墊，以前上課時買的；但是，一〇八下對於我的毅力和耐心是嚴格的考驗。而且如何數？她們說第一次做時算次數順便計時，以後做等長的時間就等於一〇八下。反正爲自己做，沒有人拿馬表在旁邊考核。

最初我做九下，一〇八是三的倍數，三的三倍九是個好數目。只拜九下，就微微出汗，也感覺到四肢伸展過後的舒適了。

過了兩個星期，發現做九下很簡單，也沒有偶爾會有的微暈現象，可見我的血液循環比較好了；便再加九下。越做越輕鬆，又再加九下，希望有朝一日也可以拜一〇八下，那應該接近每日的運動「額度」了。

我是退休後，才開始運動。

先是到社區活動中心的瑜伽大教室上課，每週一次。

老師的外表非常有說服力，身材苗條，皮膚細緻，動作柔美當然不在話下；看不出她快五十歲了。上課時，老師把佛學融入瑜伽動作，闡釋一點佛理和她的人生觀——瑜伽的元素本來就不只是呼吸法、體位法，也包括精神靈修。

她的話我都聽得進去，只是我的體能卻不怎麼聽話。

我可以兩腿打直，彎腰，雙掌貼地。這是等瓦斯爐上的菜熟、打發時間練出來的。但是這樣的「柔軟度」，不保證瑜伽課容易上手，我的進步非常有限。年少時就沒有舞蹈細胞，如今骨頭更僵硬，豈能奢望「扭轉」局勢，只能學多少算多少。

「站立，兩腳分開，做深呼吸；吸氣之後止息再慢慢將身體往後仰……」看旁邊的同學輕輕鬆鬆搭起「拱橋」、「駱駝式」，甚至「圓屋頂輪式」，眞是羨慕。當然，她們多數已學了很久，而且年輕。

不同程度的同學一道上課，所以老師一直說、一再說，新同學不要勉強，盡力就好，才不會受傷。可在她「盡力伸展，伸展，再伸展」的口令下，還是想賣力試，還是很累人。有些動作不難，可是在「兩腿維持水平，不能抬高、不能下垂」的撐持狀態下就吃不消；幾次呈大字狀「大休息」時，便睡著了。這種狀態倒也沒什麼錯，不少人也全然放鬆地落入睡眠。

每次下課回家，就累倒在沙發上；有朋友相約，更得避開瑜伽日。後來告訴自己，只要有心，在家練基本功就可以，便沒繼續學。

可是，人就是有惰性，沒有同學沒有老師，就沒有動力；每日數次跨過瑜伽墊，毫不動心。只有在特別累，比方拖過地板或逛街走長路後，才記起做兩下拜日式或犁鋤式。勞累過後的運動，是舒展筋骨、消除疲勞的最佳良方。以前無知，耗費體力後最想做的是「癱」在沙發上看電視。

後來，選擇沒有課表、最自由的散步健行，或者到公園隨興跟歐巴桑們做氣功。

早晨的大公園是一個生態很特別的地方，天還濛濛亮，就有一群群中老年人集聚，做各種不同的操或舞蹈。觀察到一位老師的姿勢流暢優美，提起勇氣跟著比畫後，才知道它叫氣功十八式，後來它就變成我最常做的運動。兒子欣然說，「很好，媽媽加入歐盟了。」歐盟？兒子說不是歐洲聯盟，是歐巴桑聯盟。還在上班時，我的「姿態」較高，又較靦腆，絕不肯、也不敢加入的。

自然站立，兩腳平行，與肩同寬，兩腿屈膝下蹲，膝關節不要超出腳尖；吸氣時舌頂上顎，吐氣時唇微張。這是基本要求。剛學時，我忙於注意姿勢，就無暇管呼吸；呼吸要非常緩慢，我「氣短」，只覺得吸氣時隨時要斷氣；而「嘴微張呼氣」，我怎麼覺得自己只是在「吹風」。那陣子朋友問我做些什麼，我說活了大半輩子，開始學呼吸。

一個姿勢非常自在的「同學」讓我的手按在她的腹部上，示範如何呼吸。「吸時放開胸懷，氣就會順暢地進入丹田，氣吸飽時肚子鼓起來；吐氣時嘴微張，慢慢呼出，肚子就扁下去。」

她還教我不是手勢帶動身體，是手隨著軀幹走。就好像樹幹擺動，枝葉自然跟著擺一樣；這樣整個人覺得很舒服，也才不會受傷。

聽起來像風中楊柳，怪美的。可惜至今，我還沒達到那種境界。

每星期有三、四個早上，我跟著音樂「起勢調息」，然後開闊胸懷、揮舞彩虹、海底探針、大雁飛翔、仙鶴指路，獅子戲球、漁夫撒網、拉弓射鵰、推波助瀾……那緩慢的、不用蠻力的動作讓我流汗，足夠一天配額的新陳代謝；慢慢熟練之後，我更可以心平氣和，身心自在。

據說練功最好在寬敞、平坦的地方，周圍有高大的樹木，又能直接看到晨曦。公園恰好有這樣的條件，「撈海觀天」時，樹幹、枝葉、鳥巢、天空，都在眼眸中；「飛鴿展翅」時，鴿子們翩然飛過來吃地上的樹籽。

氣功十八式做熟了，才敢接著跟她們學既是氣功也是舞蹈的元極舞。

七、八人小團體的老師，是義務教學，她會的元極舞碼很多，還不時去北京精進舞技。雖然歐巴桑們的手腳不太靈光，只能跟著比畫六、七分，反正也「運動到了」。後來小團體的成員慢慢少了，有人因為換了地點嫌遠；有人因為健康出狀況；有人因為兒子孝順，買了長期的健身房會員卡，天天去游泳、做ＳＰＡ。而我，三天曬網、兩天打魚，撲了幾次空後，便寧可自己去散步，或再回大公園隨緣做健身操、拉筋，或跟另一團歐巴桑做氣功十八式。

這個小團體平均年齡較大，動作自由隨興；不管有沒有老師帶，多半用自己的節奏「戲球」、「撒網」，與音樂不怎麼搭調。而且，她們很不專心，總是邊動手腳、邊動口，談著誰的妯娌愛跟著去大市場買魚、回來後卻不認得眼前自己家的巷子、有失智現象了；賣蓮子那人賣的苦茶油是眞正好的，胃下垂吃苦茶油拌麵線尚有效，誰被醫生判斷得癌，吃了多少苦茶油後腫瘤縮小了；昨日這兒一個什麼腳踏車騎士成年禮活動，總統竟然來了，本來推著輪椅的外勞急忙丟下她們的雇主，搶著用手機拍台灣總統；還有，「昨日，我用半罐可樂、一罐米酒和蔥蒜滷了三隻豬腳，一家大小呷甲空空；外面賣的哪有可能遐爾香！」「做阿兵哥尙好，袂乎人刣頭（辭工作）；景氣遮爾歹，一個月還有三、四萬薪水。」云云。然後，看到賣便宜青菜的菜販來了，便一窩蜂圍過去。

我一向不排斥「吸收新知」，不免分心去聽她們的閒談，於是節奏亂了，「氣」也散了。可是我仍然不時加入這個小團體；因爲不管天熱天冷，她們每天準時開始，我不用擔心撲空。再說，我也不宜挑剔，隔太久不出去運動，膝蓋會以幽微的痠痛提醒我它們的存在，心律不整的症頭也會適時告訴我休想忘了它。

前不久，和朋友們吃飯，有人誇Mei 變結實苗條了，她得意地說身上少了五公斤肉；因爲對食物有節制，也有運動了。然後說，「我常告誡自己和先生，活得健康不光是爲了自己，更為孩子們；如果能不臥床活到最後一天，多好！何況，台灣的健保如此艱困，盡量不去動用醫療資源，也是對社會、國家很大的貢獻。」最後她下了結論，「年紀大了還不運動健身，是不道德的。」

她說的也正是我的心情，可是由她口中說出，特別鏗鏘有力、正氣凜然。因為十年前，我們參訪馬祖時也曾同桌吃飯；那回有人吱吱喳喳談體重，她拉下臉，極端不悅地說，「飯桌上談減肥是不道德的！」

——原載二〇一三年六月十九日《人間福報》副刊

# 歐巴桑都很好奇

我說自己越來越歐巴桑了，兒子問我「歐巴桑」的 quality 是什麼，我如何定義歐巴桑？

問得這麼認眞！就是已有了年紀，穿著以舒適爲優先，不講究流行；買東西即使明知無效，也要殺個價或至少說一聲「好貴啊」；輕易可以和陌生人聊天，甚至聽不相干的人講話會忍不住插嘴；即使捷運的路線很清楚，有時還是會心慌意亂地問路；在公車上聽到人家向司機問路，就說到站會提醒他；看到年輕媽媽給小孩與鴿子拍照，老遠過去提醒她當心禽流感；晚上聽演講，不小心就睡著了；自備大小塑膠袋去買菜；偶爾有膽子去糾正行爲不端的少年等等。

這是我心裡一時參酌自己和朋友的行爲想到的，要說起大衆歐巴桑的形貌動態，可以更誇張、更不在意形象。

但我只簡單扼要地回答兒子，「就是可以只爲了買酸菜，結伴走二十分鐘的路去傳統市場的女人。」

「這沒什麼啊，年輕人不也會爲了傳說的美食不辭路遠跑去吃！」兒子接著說，「爲了讓人家知道他見多識廣、有幸福的滋味，到了餐廳還要『打卡』，再把食物拍照po上臉書！」

那不同，那是「流行時尚」，雖然是老派人不以爲然的。

話說那日早晨，既聽說某一攤的客家酸菜特好，我便跟隨做晨操的兩名歐巴桑走。七十多歲的阿雲姊說八十三歲的徐大姊走到半途，會進豆漿店吃早餐；心想我年輕腳健，就先走好了。

其實徐大姊比我「年輕」，天天六點不到就出門；我不僅去得晚，天冷下雨還隨機缺席。有一次寒流天氣，我出現，她居然體貼地跟我說，「遮爾冷，你閣出來啊。」教我哭笑不得。大冷天我戴帽子、繫圍巾，她統統不必，說包習慣不好。這個七、八人小團體裡她最年長，體能卻第一名；彎腰後仰、蹲下站起的動作很利落，還聽說燒得一手好菜，打牌也很厲害，「攏伊咧贏錢，我才袂愛和伊打牌。」一名晨操同伴曾如此說。

而且，她邊做氣功，邊不時放言高論。以前我覺得受到干擾，後來卻聽得津津有味；一方面她講得很逗趣，一方面我越來越歐巴桑化了。有一次她白內障開刀，在街上遇到，墨鏡、七分褲加涼鞋，很時髦，我一時沒認出來；然後想到難怪我一直覺得她像什麼人，像演《冒牌總統》的凱文・克萊！對，就是像那位好萊塢大明星！她的皮膚白皙，只有細皺紋，身材沒有什麼「走精」；可以想見年輕時一定很美貌。

那日我倒沒有先行走去市場，想著還是合群的好。幸好，這回凱文・克萊進了早餐店，只是去借個廁所。出來後勇往直前，碰到紅燈，左右看看沒來車，就一馬當先過了馬路，把守規矩的我們拋在後頭。阿雲姊說她這樣很危險，「耳孔重，有些聲音聽莫。」說著，凱文・克萊不見了，過一下才現身；原來她走入公園，被樹擋住。我一向走直線，不曾彎進這個公園。阿雲姊說這處原來是臭水溝，加蓋後整頓成公園，有野薑花，有木條走道。眞的，瞄幾眼，就看到睡蓮和其他水生植物，樹木也不少，竹子就有好幾個不同的品種。

進公園繞來繞去的「捷徑」比我慣走的路更遠，不知凱文・克萊的「寸尺」是怎麼一回事。

終於走到了市場中段那賣酸菜的攤子，也賣全雞。她們從大桶中撈出酸菜，嫌太大欉，再去找稍小的；然後像絞毛巾那樣把酸水絞乾，再秤。我比較「嬌貴」，就請老闆幫忙撈，幫忙絞。

她們留下來買雞，我自去買菜。

這就是我向兒子敘述的歐巴桑的晨間行止。

我沒有說的是凱文・克萊的高論。

她常消遣她的老伴，一個錢打二十四個結，「鹹」得要命；以前金援中國的親人，現在那邊的晚輩都有能力給他紅包了，他還是捨不得花。但是她每次好幾百塊買的堅果類零食，他吃不停嘴，「莫怪伊健康，聲喉閣好，唱歌眞大聲。」她的廚藝好，人勤快，所以負責買菜、煮飯，「我媳婦煮的菜分量少，親像拜祖先。」她說現在的雙胞胎多，是因爲很多人不想生，那些找不到人投胎的只好擠過來。不遠處有人跌跤，被抬上救護車，她說，「今嘛的老人欲死誠困難了。……甘無影？小小仔病，就看醫生；今嘛八、九十歲的老人滿滿是。少年的無想欲生，以後戰爭只好老歲仔去接槍子。」又感嘆少年人只養貓狗，「我看喔，以後相戰，也可以派貓狗去。」

她的話乾脆而犀利，不管以國語、台語說，都很流暢；我們聽得好笑，她就說「甘無影」？

有一次她們告訴我越南新娘賣的豬肉好；去了，卻發現有三個豬肉攤都是越南女人掌刀。做夥運動，聽她們的鄰里、婆媳故事，偶爾接受她們的建議買菜、做菜，跟她們越來越「麻吉」了；有一天，如果她們邀我參加里長辦的七百元一日遊或掛香，也許我會說好吧。

買酸菜後某一日早上，運動過，我特地重走上次的路線。從公園進去，照眼就看到一個造型老式、古早孩子玩的水泥滑梯；不是現在處處可見的一體成型彩色塑料。公園裡邊有埤塘生態區、河川中上游生態區、濕壁生態區、喬木區等。走道上也一路有牌子標明喬木、水生植物的名字；筆筒樹，桑樹、葫蘆竹、原生水蓮花。我還努力從水中生態觀察箱找大肚魚、蓋斑鬥魚。

回家後上網去查，才知道它是十年復育有成的生態公園。麻雀雖小，五臟俱全；裡邊還有蝴蝶食草培育區、樹蛙復育教學館、蝴蝶網室等，是附近小學生觀察及教學的生態教室。

要不是凱文·克萊無意中的引介，我永遠不會知道居住多年的社區邊緣有一處生態公園。我決定以後「遠征」那市場買菜，就從公園穿過去，好看看風景，長長知識。歐巴桑都很好奇啊。

——原載二〇一四年四月十五日《人間福報》副刊

# 母親打敗了九名醫生

同學聚會，我們不談先生兒女、華服豪宅，話題繞著健康轉。

有人說過人與人之間較勁的目標，從年輕時的學歷、中年的經歷、壯年的財力，而老年的病歷。我們已走到了病歷階段。

同學中，有人每六個月要爲膝蓋打一次玻尿酸，有人花了大把錢去植牙，有人長期吃高血壓的藥；一個久不見的居然說她的髖骨和膝蓋都是假的，換過了！年少時還是運動場上的選手哪。

有兩個人接著說，「我白內障也開刀了。」聽起來竟好像軍情急報，「又有一個村子淪陷了。」

就算沒有「具體的」毛病，也不免嘆著體力差了，上下樓梯覺得腿很重云云。

她們說我看起來還不錯，體型也沒多少變化。我不敢肯定地說，「只能說到目前尚可啦。」

不敢肯定，因爲不是沒看過好好的一個人忽然倒下來；更常聽到的是誰一夕之間被檢查出罹患了什麼嚴重的病。

健康尚可，應該感謝來自父母的基因吧——特別是母親的遺傳。

父親天生樂觀，一輩子生氣勃勃，卻在快七十歲時因心肌梗塞猝逝。母親活到九十，雖然骨質疏鬆，幾度因跌跤臥床；但記性好，說起陳年往事，有條有理，不會亂了調；直到臨終，思緒都是清楚的。而且皮膚好，沒有老人斑，我們姊妹都期望能像她。

母親一生從不知美容保養爲何物，所謂的化妝是拿方塊形「新竹膨粉」在臉上塗一塗，再用手繞圈圈抹勻；胭脂（口紅）則是點幾下，再抿抿唇；有時順便在雙頰上抹一抹。記憶中她唯一的保養，是以豬膽汁洗髮。

母親的廚藝不壞，自己吃得很馬虎；給孩子好吃的，爲家人進補，才是她生命中重大的職志。

像一般四、五〇年代的主婦，勤勞的母親在自家院子種植蔬果、飼養牲畜；醃製蘿蔔、黃瓜、竹筍配飯或煮湯、蒸魚；偶爾索取對面豆腐店的豆渣來煎「豆粕蔥蛋」。秋冬時節，即使不能常吃藥膳雞，母親也不會忘記炊煮拌有龍眼乾和米酒的糯米糕給我們進補。

夏天的午後，常有麻芛、小魚乾煮地瓜湯當點心，說是退火。麻芛是黃麻的嫩葉和嫩芽，做起來很「厚工」，要將葉中的苦水搓揉出來，才不會澀口。

母親甚至自製糖蔥給我們當零食。難怪手足們回憶起來，都說即使在台灣經濟困窘的年代，我們也吃得不差。

我從年少時就長得瘦，一副「欠補」的模樣，高中時期健康不佳，更成爲母親進補的「重點對象」。後來獨自到台北工作，我的瘦——以現在的標準，也許算是苗條——更是她念茲在茲的心腹大患。

在歐洲留學的弟弟也是「鐵骨仔生」，回國時母親亦「與時間賽跑」，搶著弄東西「餵」他。

孩子生病，母親也有一套最省錢又「無敗害」的偏方，咳嗽就用魚腥草蒸粉腸，或雞屎藤熬湯沖蛋。家附近總可以找到藥草。

更省事的是開水煮冰糖泡蛋，或摘自家桑葉煮水加糖喝——這也是夏日退火的常備飲品。

大約從小與「自然療法」關係密切，結婚後我也是能不看醫生就不看醫生。有一次咳了很久，母親來台北，用麥芽糖蒸兩次蛋給我吃，居然就好了！

母親在我身上展現的最了不起的成就，是治好了我的「子宮內膜異位症」！

四十出頭，我每個月爲了這個毛病而苦惱不堪。原本應該頂多五天的生理期可能纏綿超過十天，腰後痠痛，坐立難安。白天上班不大覺得它的存在，夜裡卻不時會痛醒；只能起床在地板上做可以舒緩疼痛的動作——後來學瑜伽，發現我自創的動作倒有些像不同的「貓式」。

生理期一過，人就精神起來；可以拖地、洗廚房都覺得人生幸福美好。甚至樂觀地以爲這樣美好的狀態會持續下去。

可奇蹟沒有出現，下個月再度忍受同樣的折磨。有人推薦名醫，就去掛號看診，前後總共看了九位。其中一位是洋人，看診還得靠護士翻譯。

每位醫生都說開刀摘除子宮（和卵巢），才能一勞永逸，「反正你不想再生小孩了。」只有一位說再忍耐一段日子，等到更年期再開刀，才不會太依賴女性賀爾蒙。

光想到開刀後，會老得較快，我就猶豫不決。何況開膛破肚是何等大事！

就是怕有後遺症，怕在手術檯上醒不過來，才會看了那麼多醫生。母親常說「先（醫）生緣，主人福」，我一直在尋找與我有緣、不用開刀就能治癒我的「眞命醫生」。

大約煎熬了兩三年吧，我終於、只好決定投降。

我請母親來住一陣子，幫著照顧家與孩子。

母親看著準備上手術檯的我，眉眼揪成一團，反覆說著，「敢欲？」「敢一定著愛開刀？」我一時又怯場，那就再看吧。

那期間母親強力給我進補，用不同的藥材燉雞，四物、香菇、人參、紅棗枸杞……。我也很爭氣，胃口不錯。

不記得經過多少時間，吃了多少補，我的痛苦慢慢減輕，後來甚至無病一身輕了！而且臉頰變得豐潤好看。

我的判斷是因爲體重增加，腹腔裡的「壁」變厚，支撐起了器官，子宮也沒有後墜的問題，自然不會腰痠背痛。

母親竟然打敗了九名醫生！

而且，可能是體質的改變，從此連感冒都少了。

每次我感覺疲倦無力、骨頭開始有痠軟跡象，就趕緊熬一小鍋黑糖薑湯；分兩三次熱熱喝下，發發汗，人很快清爽起來。

如果出現咳嗽症狀，就喝檸檬紅茶加蜂蜜，或者以紅棗、枸杞加幾片薑和黑糖熬，最後把涼水拌開的蓮藕粉加進去；稠稠甜甜的不難喝，有時也很見效果。

雖自誇感冒從不看醫生、不吃藥；但我也經歷過兩種必須求醫的「大病」。

一是眩暈症。

它的來臨沒有預警，一覺醒來，不管張眼、閉眼，都看見天花板狂亂的旋轉。同樣的狀況，先後歷經三次。最後那次在二〇〇六年，最嚴重，時間也最長。

我先去看了中醫，說是內耳不平衡，吃了藥也不見效果；只好再去大醫院做更詳細的檢查，包括灌水入耳朵裡。結果確定就是內耳不平衡，不是腦幹、小腦中的神經網絡出狀況，我放了心；醫生給的兩個星期的藥便備而不用。

我回溯過去，發現眩暈症發作都在壓力大的階段。還有，只要注意放慢動作，不扭轉頭部，不彎下腰，情況就改善。就是靠著與自己的身體磋商、妥協，七年過去了，幸好沒再犯。

另一個去看好幾趟醫生的病是心律不整。初犯時，與人說話必須一再咳著壓下好像要跳出來的心臟。到醫院做心電圖，在跑步帶上跑步，再配戴一個儀器做二十四小時的心律監測。回診時，醫生說就是心律不整，開了藥。

我不想服藥，去另一家更大的醫院找更有名的醫生，所有程序再走一遍，結論一樣是心律不整。但他講了一句我最願意聽的話，「如果不是太不舒服，藥可以不吃。」也可能是我「說服」了他，才附帶這句話吧。

我努力讓自己不會「太不舒服」；我開始運動，也教自己心平氣和。雖然不是有毅力、生活有秩序的人；但是換著做瑜伽拜日式、十八氣功、拜佛，或者散步，還是有幫助。只要偷懶過久，心律不規則的症頭就會出現。

母親的食補觀念也繼續影響著我。平日飲食清淡，但冬天裡我喜歡煮麻油雞和不同的藥膳食物給孩子們「不無小補」一番。小兒子中學時期氣管不大好，除了中藥粉之外，粉光參蒸肉也吃了不少。連在國外求學、工作時期，我也特地到迪化街爲他配好一包包加了紅棗、枸杞的粉光參。他抗議氣管早就不會過敏，根本懶得去做，我便像母親當年說的，「出一屑仔工煮啦，有呷有較好啦。」

——原載二〇一三年十月號《文訊》

# 關於年紀

## 我十八歲，她八十歲

一桌子人吃飯，她拿出相機說爲三人拍出十八歲的模樣，「你們要告訴自己現在十八歲，我也會對相機說。」

相機前後的四個人於是同聲說十八歲，十八歲。拍過了，給大家看，好像還是她們目前的年齡啊。

但她說她的相機有特殊功能，而且人的念力可以影響外表；如果達不到念力年紀的標準，快門就很難按下去。「其中只要有人不相信，效果就會比較差。」還舉例說明有人對兩瓶水做過實驗，每日對其中一瓶甜言蜜語，對另一瓶灌輸負面情緒；結果若干日子後，前者不僅水清澈，還出現水晶雪花狀，後者則渾濁，並發出臭味。

我讀過這個實驗的報導；念力可以影響外物，這個我是相信的。

她接著把鏡頭對著我和簡宛。我們「不貪心」，只希望拍出三十歲，笑著說三十歲，三十歲。

她也念念有詞，三十歲，三十歲。

拍好了，咦，兩人的鬢邊雖有幾根白髮，臉頰卻很光彩，沒有皺紋；皮膚與三十年紀相距不算太遠呢。

是光線和角度正好，還是相機本身有柔焦效果？或者是念力的催眠，教我們的臉上綻出年輕的光彩？那朋友對命理、紫微斗數、星座等等頗有研究，也許她的磁場不同，念力更強？

旁邊的年輕小夥子跟我說，「如果念力這麼有效，那以後跟人合照，你就想我十八歲，她八十歲！你就會更年輕了。」

後來，幾個人在園區遊走一陣後，坐在長椅上聊天，詩人蕭蕭拿起他的相機，說爲我們拍一張，「不過，我沒有念力，請你們靠自己的實力。」

我們笑到不行，結果他把我們拍得一臉笑氣，青春洋溢，挺有實力。

## 你覺得我幾歲，我就是幾歲

前往佛寺的車上，八個人之中最年輕的蘭心忽然問最年長的徐公幾歲？

「等下見到那位高僧要怎麼稱呼？」他回答。

「我是問你幾歲。」

「我沒有辦法同時想兩件事。」

其他的人都笑，知道他不想談年齡；但蘭心不死心，再問一次。

他負嵎頑抗，「好吧，你們都說，我才說。」

他以為女人更不想透露年紀吧，可我們清楚彼此的年紀，又存心使壞，便大方報上自己的。徐公無奈地說了屬於自己的數字後，乾乾地笑，「我不想說，是因為已習慣蘭心對我的沒大沒小，也覺得很好；怕說了年齡後，會影響她對我的態度。」

他的資料網路上一索即得，不知為什麼那時刻蘭心一定要弄清楚。

我比較有興趣的，是他那種怕人家「以年齡取人」的心理。

我也不希望人家聽說了我的年紀後，更細心觀察我，拿它來印證我的外表舉止。然後想，「果然是有那個年紀了。」有了年紀的人是禁不起推敲的啊。

所以不大熟的人問我年紀，我會笑笑，「你覺得我幾歲，我就是幾歲。」你把我看得年輕，我就活潑些，可以調皮，也可以耍寶；你把我當「老」前輩看待，我就整衣冠，端正坐好。

知道人家說我「不像」我的歲數，多半是「存好心，說好話」；可心裡還是會琢磨：五十歲、六十歲、七十歲、八十歲應該是什麼樣子？要怎樣才合乎那個年紀的相貌？每個人心中有不同的尺，現代人愈活愈年輕，衡量的標準應該與以前的不同吧？

## 老人有幾種？

回顧「電影讀書會」四個月間看過的《推手》、《天倫之旅》、《有你眞好》、《錢不夠用》等幾部有關老人的片子後，老師問多數從職場退休的學員，老人有幾種？

快樂的不快樂的，囉嗦的不囉嗦的，有錢的沒錢的……

老人也是「人」，人有百樣，老人當然也有百樣。老人還可以分爲有兒女的沒兒女的，兒女孝順的不孝順的。

老人讓你想到什麼？

皺紋多了，記性差了；耳不聰，目不明，行動不利落了。

年輕得多的老師有些訝異，「爲什麼你們說的都是負面的？」

咦？一語驚醒夢中人，可這些的確是最先進入我們腦海裡的念頭啊。

老師提醒，老人豁達，成熟，有智慧呀。

豁達，成熟？有些老人還更固執，更放不下。有智慧？對我來說倒是眞的，年輕時總以爲自己聰明，愈老才愈知道自己的笨——知道自己笨也是智慧吧。

以前的人臉不紅、氣不喘地對晚輩說，走過的橋比你走過的路多，吃過的鹽比你吃過的飯多；現在網路時代，如果有老人敢如此倚老賣老，只怕還會被反嗆「鹽吃多了，只會高血壓，不會長智慧」呢。

「年老一定也有好處的。」老師繼續「誘導」我們往正向思考。

當然有，最大的好處是不上班，時間多出很多，才能夠出來上課學習。

每次上新的課程，我都要讀一讀同學們的臉，想著好學的人眞多；報名競爭相當激烈呢。同學不乏七、八十歲的老人，有些人雖然謙稱打發時間啦，可畫圖、寫字都很認眞，成績傲人。

可見老的好處之一，是珍惜學習的機會了。聽同學說這一輩子不曾如此認眞過，我都在心裡說，我也是！我也是！

## 連你也是？

六十五歲，得到「國定老人」資格的好處是搭公車和到公立美術館、博物館看展覽不要錢；私人單位辦的大型展覽半價。

最大的好處是搭高鐵半價，這個省的可多了。

第一次拿敬老悠遊卡搭公車時，心中有「公開」暴露年紀的彆扭；歲月悠悠，怎麼自己也晉級「老人」了？

環顧左右，早上十點的公車上居然都是老人。是不是有免費悠遊卡，閒著也是閒著，出來蹓躂？其中一個女人比較可疑，我密切觀察著；結果她下車時啾啾啾「三聲無奈」，用的也是敬老卡。

以前不曾注意刷卡的聲音，聽朋友說她不肯用老人卡，「啾」三聲揪心又丟臉，才知其中差異——兩聲的是學生，一般乘客只一聲。

那個老人初體驗的早晨，輪到我下車，想著司機聽到三聲啾，可能會詫異吧，「連你也是？」

我想到凱撒在元老院被刺，身受視如兒子的布魯特最後一刀時，訝異地說：「你也有份嗎？布魯特！」

可是，司機竟不曾眨一下眼睛。

是現在的駕駛比較通達，或是抓到占便宜的人並無績效？很多年前陪母親搭客運，司機要看身分證，舅媽笑著說，「看得出伊已經超過年紀啊啦。」司機說，「歌仔戲生本按呢搬啊。」

從沒有人要我那樣搬演歌仔戲，讓我小有失望；好在很快就適應，不在乎刷卡響幾聲了。

## 互相看不出來

上「音樂鑑賞課」，聽到前座兩位老人的對話。

甲：你有八十歲了吧？

乙：我看起來有那麼老嗎？我才七十四歲！

甲：因爲你頭髮少了。

乙：我看你才老呢，頭髮都白了！

甲：白是白，可頭髮還是很多；不像你，上面都禿了。

說著，起身走開，因爲話不投機，更因爲不讓對方有機會反擊。乙只好追著他的背影嘀咕，「自己滿頭白髮，還說別人老！」

我在心中大笑。有人說「逢人減歲，逢物加價」，是說話的竅門；那兩位老先生很白目，才會針鋒相對。

女人通常比較友善，幾個老人坐在候診室，一個女人說，「我八十歲了。」

「喔，看不出來。」旁邊的女人說，「我也七十五了。」

「看不出來啊。」

自報年紀都是因爲覺得自己比實際年齡小，就等人家說看不出來。

八十歲的問旁邊也等著做健檢的老先生，「你大概也有八十吧？」

「我九十九歲。」

大家楞住。不見老人斑，沒有重聽，行走自如，手中只有一枝長柄雨傘，眞的看不出來。說不定是幻想症，或是老糊塗了！可陪他來的兒子七十了，看著倒是有那個年紀。

那九十九歲的老人和氣地問八十歲的女人，「你也等著做攝護腺檢查嗎？」

我忍不住笑出來，他以爲女人也有攝護腺！

——原載二〇一四年一月九日《中華日報》副刊

# 自從拿到老人證照

繪畫班老師約大家到美術館看展覽，有個同學見到我，眉開眼笑，「我不必門票耶，她們要花三十元。」

三十元很少，但不必付費是一個象徵；象徵有老人的特權（優惠）。

她一定是新科老人，才會這麼開心。我說我也不必買門票。「你也不必？」

「若干」日子前就不必了。

可我剛得到國家認證的老人身分時，並沒有興奮到要對人宣揚；不是成年禮嘛。只有在看過一個展覽後，曾對孩子們說，今日爸媽賺了三百六十元。門票一張一百八。

可惜，後來私人機構舉辦的大型展覽，老人不再免費，常是比實際半價略高的「半價」。高齡社會，老人越來越多，他們覺得對老人網開一面損失太大吧？還可能擔心老人因爲反正免費，去「擠爆」展場呢。

現在，我只有享受半價的高鐵票時，能在非老人面前神氣了。

學問的累積靠天分和努力，財富的累積還得加上機運；年紀都不必，只要不忘記呼吸，一年一年下來自然會增加。即使做了再幼稚、愚蠢的事，也不用擔心被倒扣。然後，在台灣滿六十五歲，不必考試，就可以領到老人證照——公車和公家單位一般展覽免費、捷運四折的敬老悠遊卡。

還可以在重陽節領到一千五百元敬老金，有時外加紀念品，如保溫杯。

藝文界老人，參加《文訊》一年一度的「重陽」文藝雅聚時，會有人幫你別上蘭花，也可以投稿《文訊》的銀光副刊。

我很少意識到自己是「國家認證的老人」；因爲還沒老嘛。

這句話是以前輩作家林海音「瓜拉鬆脆」的嗓音說的，當年與她一樣七十好幾的文友慨嘆著老了，她就不高興，「幹嘛要說老！不覺得自己老嘛。」她說有位長輩九十歲了，看到一個駝背老太太蹣跚地過馬路，對她說，「我們老的時候可不要像她那樣。」

可見老不老看個人的心情，還要有健康的身體來配合。

初識年齡的危機感，大約在三十歲；一日，送我的新書給專欄作家鳳兮先生，他看了封底介紹，訝異地對我說，「原來你也有三十歲了！」聽起來竟有點驚心。

報上都說女人的外貌從二十五歲開始走下坡，已過三十的我，卻還沒有「保養」的概念，偶爾拿留在蛋殼裡的一點蛋白搽臉，心裡卻不相信它有什麼效果；自己的青春一去不回頭了。

幫弟弟到專賣外文書籍的書店買法文辭典。兩個磚頭高厚厚一本兩千多塊，好貴！問店員能不能打折扣。他說，「twenty girl 買才可以打折。」

楞了五秒鐘，我才悟到他說的是「團體購買」。進了西書店，以爲工作人員會動用洋文；潛意識裡又以爲人家會「歧視」不再年輕的人，才會如此判讀對方的語言啊。

到了四十歲，對於生命的價值有了更多的困惑，什麼「四十而不惑」！孩子、工作與家庭，就是我的人生嗎？少女時期做的夢呢？（什麼夢，卻想不起來。）回頭想想，三十歲眞年輕，還有無限的可能啊！

那年和幾位作家出國進行文化訪問，其中三位前輩女作家正好像階梯般大我十二、十三、十四歲。在機場候機時，長我一輪的做小幅度的體操，我聯想到公車上一名做三百六十度轉脖子和扳手指動作的老人，心想，人老了就得不問時地，搶時間努力養生吧？長我十三歲的說大她一歲的總把脖子包得緊緊的，「因爲老相最先從那兒暴露出來。」言下她還不必包緊脖子。她不知小我十歲的記者曾睨視她，說她都過五十了，怎麼敢穿這種大裙子！眞是螳螂捕蟬，黃雀在後啊！

那回同行的還有《傳記文學》發行人、外號「野史館館長」的劉紹唐，他常頑皮地稱呼三位大姊「老太太」。一位抗議，說他還大她幾歲。老頑童說，「我也是老先生啊。我就不會叫靜娟老太太。」我說他看起來很年輕，他說，「一年比一年老啦，我只是在穩定中負成長。」

我也在負成長，忽然我五十歲了，才知道四十歲多年輕；當時梳著大鬈「法拉」頭的照片，現在看著，竟神采飛揚到有點囂張，好像在向未來的我挑釁呢！

女人一到五十，就自我解嘲爲「歐巴桑」、「大嬸」。這時候孩子多半離家在外，讀書或工作，女人成了「空巢族」。有個朋友說她的女兒正處於青春期，非常叛逆，「誰怕誰啊，她青春期，我更年期！」可老就是輸給青春，她哪敢像女兒那般在身上刺青，在耳朵上打一排洞、戴耳環，或像女兒那樣揹一個大包包就獨自環島旅遊！

那年和丈夫去西歐旅行，同團的有我同學夫婦。一回圓桌吃飯，同學說起那日是他們結婚二十五週年紀念日。大家舉杯祝福時，一個三十不到的年輕人驚歎，「結婚二十五年了還在一起！」

到了五十歲，「代溝」這個詞果然更鮮明了。有位年輕作家「不知人間疾苦」，在訪談文章中「讚美」我，「她雖然年過半百，但是……」

幾年前，和這位作家在一場徵文評審中相逢，我跟她說這一句是全文中唯一的敗筆！這時她也年過半百了，會心大笑。

可等我六十歲，和S兩人去峇里島自助旅行，十天之內吃吃喝喝，又看又買，不知走了多少路；眼看吃名菜「髒鴨子」的時間快趕不上了，還「不計後果」當街攔順風車，再和車子裡的人聊了半個小時……。這樣的女子挺年輕嘛；只在朋友說我「雖已花甲」，才嚇一跳，原來「雖然半百」也過了。想想半百好年輕呢。

讀王羲之《蘭亭序》中的「後之視今，亦由今之視昔」，心想，可不是？一天比一天「大」，就會回頭發現以前的年輕了。

然後，到了六十五的關卡，得到國家認證，拿到了老人證照，反而不覺得自己老了！好像「債多不愁」，也好像豁出去，「事已如今，你想怎樣，老就老吧」。

再說，環顧左右，數名與我一般「大」、甚至更大的朋友看起來都很有活力，畫圖、開畫展；寫作，旅行；打球，組織一大串讀書會；做瑜伽，到美術館當志工；穿蓬蓬裙跳方塊舞……。日子過得比年輕時還精采！更棒的是，因爲保持著好奇與學習的心，外貌也不顯老！曾聽人評論老得快的人，「他過得很著急。」我這些朋友過得從容，才會「凍齡」吧。彼此問到最喜歡哪個年紀，都說覺得現在不比年輕時差；不同的年紀有不同的悲與喜、快樂與煩惱。有一個說得更乾脆，「回到三十、四十歲？謝了！」

活著就是王道，人能夠老，至少表示他挺過來，沒有早夭，沒有被困境打垮——幾人能夠「無災無難到公卿」？多年前，曾有一個年輕女孩到我的工作單位學習，兩個月之內她天天穿不同的衣服，不曾重複；她說不能想像自己離開這個世界，沒有漂亮衣服穿，沒有最愛的冰淇淋吃，而且沒有小說讀。多年過後的今天，我可以接下去的單子更是一長串。世界的變化這麼大，活得久才看得到；而且，只要捨得放下，年紀越大越自在。

我於是有了「新思維」，想到與其更老了才惋嘆逝去的青春，不如此時此刻就享受自己的「年輕」吧。日前，九十歲的齊邦媛老師把《巨流河》等著作手稿捐贈台大時，曾說，「低於八十歲，都是小朋友！」這話正好呼應了一個眞知卓見：所謂老，就是你現在的年齡加十歲。

——原載二〇一四年六月號《文訊》

九歌文庫 1171

# 樂齡，今日關鍵字

著者&繪者 劉靜娟
責任編輯 張晶惠
創辦人 蔡文甫
發行人 蔡澤玉
出版發行 九歌出版社有限公司
臺北市105八德路3段12巷57弄40號
電話／02-25776564・傳真／02-25789205
郵政劃撥／0112295-1
九歌文學網 www.chiuko.com.tw
印刷 晨捷印製股份有限公司
法律顧問 龍躍天律師・蕭雄淋律師・董安丹律師
初版 2014（民國103）年10月
定價 280元

書號 F1171
ISBN 978-957-444-961-3
（缺頁、破損或裝訂錯誤，請寄回本公司更換）



本書榮獲 文化藝術 NCAF 國｜藝｜會 文學類 創作補助

國家圖書館出版品預行編目資料

樂齡，今日關鍵字 / 劉靜娟著. – 初版. --
臺北市：九歌, 民103.10

面； 公分. -- (九歌文庫；1171)

ISBN 978-957-444-961-3(平裝)

855　　103016392